林莽 主编

中国当代文学研究会诗歌委员会 选编

2017中国 诗歌

年度作品

中国出版集团

现代出版社

图书在版编目（CIP）数据

2017中国年度作品．诗歌 / 中国当代文学研究会诗歌委员会选编．—北京：现代出版社，2018.3

ISBN 978-7-5143-3550-7

Ⅰ.①2… Ⅱ.①中… Ⅲ.①诗集—中国—当代 Ⅳ.①I217.1

中国版本图书馆CIP数据核字（2017）第317472号

2017中国年度作品．诗歌

选　　编：中国当代文学研究会诗歌委员会
策划编辑：庞俭克
责任编辑：曾雪梅
出版发行：现代出版社
通讯地址：北京市安定门外安华里504号
邮政编码：100011
电　　话：010-64267325　64245264（传真）
网　　址：www.1980xd.com
电子邮箱：xiandai@vip.sina.com
印　　刷：三河市宏盛印务有限公司

开　　本：710mm×1000mm　1/16　　印　　张：17.25
版　　次：2018年3月第1版　　印　　次：2018年3月第1次印刷
字　　数：281千字
书　　号：ISBN 978-7-5143-3550-7
定　　价：42.00元

目　录

深夜的火车

三 子

深夜，总能听到火车的声音
轰隆隆——
从远处的郊外，碾到十四楼的屋顶

露水上的大地
露水上未熄的灯火，轻轻摇晃着
仿佛一颗孤悬、不安的内心

我不知道深夜的火车
要开到哪里，也不知道有多少人
没有进入安睡——轰隆隆

火车穿过铁路桥
穿过晃动的灯火，以及头顶上静止的
星光，开过去了

四周陷入
突然的寂静。而更多的火车
正从更远处，悄无声息地驶来

（原载《诗探索·作品卷》2017年第三辑）

一个诗人

三　子

他说:"关于故乡,我还有四十首好诗
没有写出。"
为什么是四十,为什么是故乡,我想问
终究没有开口。坐在人群里
他有点矮,头发愈显稀落的脑袋不易发现
找到时,他的两只手撑住椅把
避免蜷着的身子向下滑落。春天,下雨的天气
我看见他的汗,在皱起的额头渗出
一滴滴集聚,这无声的对抗
仿佛要用尽剩余的力气。那年,也是春天
披着月光,骑一辆摩托去看他
十里外的乡间,青龙小学有间小屋
亮着灯。他捧出了一沓稿纸
潦草的字迹,在昏暗的灯下跳动
昏暗的灯,昏暗的故乡还在跳动
静默的丘陵里,还埋着他的四十首诗歌
那是一种难言的隐疾,春风吹时就要发作
就要顺着丘陵倾斜的方向奔跑,一直
跑到我们已知的某个尽头

(原载《诗探索·作品卷》2017年第三辑)

高　原

于　坚

生殖完成　秋天的母兽俯卧在大地上
乳峰浑圆　肚脐间的湿地模糊
一条混浊的河流停在满足中
森林一代又一代地生长　时间一到就倒地死去
后来的农夫再也长不出那只摆布洪荒的手
杵着锄头在荒地间稍息　眺望苍山
他有卑微的造物之心　他将要播种土豆

（原载《天涯》2017年第4期）

在漫长的旅途中

于　坚

在漫长的旅途中
我常常看见灯光
在山岗或荒野出现
有时它们一闪而过
有时老跟着我们
像一双含情脉脉的眼睛
穿过树林跳过水塘
蓦然间　又出现在山岗那边
这些黄的小星
使黑夜的大地
显得温暖而亲切

我真想叫车子停下

朝着它们奔去

我相信任何一盏灯光

都会改变我的命运

此后我的人生

就是另外一种风景

但我只是望着这些灯光

望着它们在黑暗的大地上

一闪而过　一闪而过

沉默不语　我们的汽车飞驰

黑洞洞的车厢中

有人在我身旁熟睡

（原载《诗潮》2017年第4期）

一　棵　树

于　坚

他就是那个将自行车靠在墙上

弯腰上锁的家伙　咳　瞧他这记性

又忘了拿保温盒　他就是那个被太阳

晒得很黑的家伙　他不是黑人　他就是

那个提着滴水的雨伞　穿过斑马线去

买馒头的家伙　明天还要买的家伙　汽车

您慢点儿　他就是那个袜子破洞的家伙

那个站在橱窗外等着降价的家伙　那个

医院走廊上睡着了的家伙　小心点

别踩到他的鞋带　那个在超级市场挑选

五号电池的家伙　那个喜欢海豚的家伙

在五楼的窗口看霓虹灯的家伙　那个
害怕电梯的家伙　伸脚出去的时候总是
有点头晕　他就是那个在药店红着脸
支支吾吾　要买避孕套的家伙……一
盒　那个穿黑夹克的家伙　总是关不上
拉链　那个在学校门口接娃娃的家伙
那个站在深夜的公交车站一个人等着
末班车的家伙　那个没有发言的家伙
跟着波浪游在重复的大海里　他就是
那个爱吃鱼和胡椒的家伙　残酷的太阳
卑微的细节　有时候站在高架桥的水泥柱下
患着莫名其妙的病　扔掉烟头　抬头发现
今夜只有星星　想起苏轼的诗篇　小舟从此
逝　江海度余生　他就是那个家伙　他不是
小人物　他种着一棵树

（原载《天涯》2017 年第 4 期）

猫

小　西

它从那个人的怀里挣脱
跳到走廊里。经过我时
停下来，凝视我。
镶嵌在毛发中的两粒玻璃球
折射出冷漠的光。

我背靠窗子站着，手里抱着暖瓶。
金银木茂盛得让人伤心
我的父亲，躺在病床上

额头渗出大滴的汗水
他也有一只猫
正用痛疼喂养着，日益肥硕
他的身体，很快就要装不下它

（原载《人民文学》2017年第2期）

新 年 记

小　西

去理发店排队
把直的卷成曲的，旧的染成新的
跑到广场上唱歌，喂鸽子
打开电视，看一些人说谎
去吧台点大杯的啤酒
让泡沫冒出城市的塔尖

还要大口呼吸
假装陶醉于将至的春天
和一场虚无的爱情
并赶在寒流到来之前
去医院看病。等待男医生
用摸过胸部的手写下病历：
"无须吃药，早晚各一次热敷"
我不再感到羞愧，三十岁以后
越来越爱穿紧一点的内衣
越来越想把沮丧的、松垮的事物
变成陡峭的山峰

（原载《人民文学》2017年第2期）

香　椿　树

小　西

二婶慢慢爬上梯子
去掐椿芽

这棵香椿是她父亲种下的
一九六七年的春夜，风很大
月亮隐入云层。他游街回来
把写有标语的牌子扔在地上
然后，把自己挂到椿树上

每个春天
她都会去掐椿芽

没有椿芽的时候
二婶想起父亲，就掐自己

（原载《人民文学》2017 年第 2 期）

未完成的梦

川　美

又梦见你了——
梦见你，和一大片向日葵
梦见你，和蛇皮一样阴凉的小路
梦见你，和头顶上悬停的红蜻蜓

梦见你，和你的黄书包
和一群相互追逐的少年
和更高的天空棉花糖一样的白云

和我。隔着豆田，走在另一条小路上
梦见豆花开了，小小的豆花，隐在豆叶下面
草尖儿上，露水，一滴一滴悬着
我的心事。我那时的野心
是走在你的小路上
将一本蓝皮日记本塞进你的书包里
——这一幕，还是没有梦见

（原载《诗探索·作品卷》2017年第一辑）

未到来的死神

川　美

谁说死神全都阴森可怖？
我见过她，在水边，头戴荆冠
一丛香蒲遮住迷人的脸

我喊她，用亲昵的嗓音
她假装没听见，自顾转身离去
像水鸟，消失在了草丛里

一天夜晚，我在花园乘凉
看见她坐在树下的石凳上
背对我，仰望夜空的月亮

我喊她，用亲昵的嗓音
她假装没听见，起身走开了
她坐过的石凳，留下一片月光

更早的一次，我在厨房择韭菜
一只麻雀在窗外唤我
我扭头望去，却见她疾速从窗口逃离

我喊她，用亲昵的嗓音
她假装没听见，更不回头
我追出门外，她已消失得了无踪迹

我的确从没见过她的真容
但，感觉上，她和我一样年龄
甚至，也和我一样性情

甚至，一样胆小而孤单
甚至，渴望与我为伴？
而她竟然忍住了，不肯把我呼唤

她的神秘，常令我十分好奇
如果她亲昵地唤我，像个姐妹
我想，我不会表现得犹犹豫豫

（原载《诗探索·作品卷》2017 年第一辑）

我爱看香烟排列的形状

王小妮

坐在你我的朋友之中
我们神聊。
并且一盒一盒打开烟。
我爱看香烟排列的形状
还总想
由我亲手拆散它们

男人们迟疑的时候
我那么轻盈
天空和大地
搀扶着摇荡
在烟蒂里垂下头
只有他们才能深垂到
紫红色汹涌的地心

现在我站起来
太阳说它看见了光
用手温暖
比甲壳虫更小的甲壳虫
娓娓走动
看见烟雾下面许许多多孩子

我讨厌脆弱
可是泪水有时候变成红沙子
特别在我黯淡的日子

我要纵容和娇惯男人

这世界能有我活着
该多么幸运
伸出柔弱的手
我深爱
那沉重不支的痛苦

（原载《诗潮》2017 年第 4 期）

闷　热

王小妮

热得太深了
当头挨了一枪托的晚上。
蝉把月亮喊出来
又大又圆，一个胖少年
你们哦，真忍心耗去我的好时光。

黑洞洞的天
虚情假意拥着少年
好像稀罕他
顺便也稀罕一下走在大路中间的灰的我们。

闷雷滚得很慢
月亮的白影从背后摸过来
牙齿闪亮
伸手不见人。

（原载《西部》2017 年第 1 期）

我 的 光

王小妮

现在，我也拿一小团光出来
没什么谦虚的
我的光。也足够地亮。

总有些东西是自己的
比如闪电
闪电是天上的
天，时刻用它的大来戏弄我们的小。

这根安全火柴
几十年里，只划这么一下。
奇怪的亮处忽然有了愧
那个愧跳上来
还没怎么样就翻翻滚滚。
想是不该随意闪烁
暗处的生物
还是回到暗处吧。

（原载《西部》2017年第1期）

为舅舅去世而作

王夫刚

疏于联系的表兄打来电话，传达舅舅的

消息，当然，肯定是不幸的消息
一个活到了 80 多岁的
乡村老人：只有死亡能惊动亲戚们。

电话里的表兄连悲伤的形式主义
也摈弃了，我只好把节哀顺变的慰唁
截留在唇边（舅舅的外甥
好像还有另一个称谓：外甥狗）

但我决定赶赴三百公里奔丧并对母亲
隐瞒这件事情。晚年的舅舅
活得异常黑暗，不过除了眼睛不够争气
母亲以为他将活到令人吃惊的年龄。

舅舅姓高，他的身体跟他的姓氏一样
魁伟。我的童年曾在他那里
获得过长期做客的优越感——
小小的村庄，容得下我所有的亲戚。

家族的墓地在山腰。在纪念外公的
一首短诗中，我曾写道：
在那里能看见河流穿越镇政府的驻地
那时，舅舅就站在我的身边。

那时，舅舅还没有和收音机相依为伴
还没有跟我谈论震惊一时的杜世成事件。
像博尔赫斯描述的失明那样
黄昏的降临还只是一种缓慢消失。

舅舅去世，从根本上平息了两个表兄

关于赡养的分歧。舅舅去世以后
这个村庄也不会再有长辈令我偶尔牵挂。
夏日山洪暴发，冲走了一个时代。

（原载《诗刊》2017年3月号上半月刊）

祭 父 稿

王夫刚

父亲去世三年之后，我迈入中年门槛。
四十不惑，曾经多么遥远的目标
就这样悄无声息地
来到眼前：我的儿子顺利升入小学四年级
诗歌的春天，依旧蒙着一层薄霜。

父亲去世三年之后，每年的三月
我不必再专程返回山脚下的村庄为他烧纸
燃放鞭炮。除了春节和中秋节
这些惯性节日，我的怀念
允许越过形式主义在他的坟前小坐一会儿。

父亲去世三年之后，我为之后悔的事情
似乎比以往多了起来——
为什么没有帮助他为早逝的父母
立一块给生者阅读的墓碑？天堂也有电信局
为什么不提醒他带走生前用过的电话？

父亲去世三年之后，我学会了抽烟
为了与他保持某种爱好上的联系。

父亲去世三年之后，我成为了真正的父亲
（一个与传统有关的说法）
在他坟前焚烧诗集不是为了让他阅读。
父亲去世三年之后，山河依旧。
卡扎菲领取了比萨达姆还要羞辱的结局。
我还生活在城市一角，我的土地
还由别人耕种：替父亲活着
活下去，我的梦还由父亲那里出发抵达光阴。

（原载《诗刊》2017 年 3 月号上半月刊）

我的学生

王单单

最初我不喜欢赵小穗
遇到谁都怯生生的
某次她在作文中写道：
妈妈，我的眼泪不够用
每次想你，都省着哭

这让我心头一紧
趁其不在，忙向其他同学打听
大家异口同声地说：
她爹死后
她妈就走了
她妈走的时候
她还小

同学们回答得那么整齐

像是在背诵一篇烂熟的课文

（原载《十月》2017年第3期）

菩　萨

王单单

飞机摇晃得有些厉害
我使劲握住挂在胸前的菩萨
平安着陆后，它湿漉漉的
像被刚才的气流
惊出一身冷汗

（原载《十月》2017年第3期）

清　明　书

王单单

每逢清明，我便发动战争
与山间草木较劲。它们
长出一茬，我就割掉一茬
起初，我的每一刀
都怀着深仇大恨，我发誓
绝不让草，活着
走上亲人的坟头。

时间久了，草们
越来越顽固，而我却

越来越无力。天注定啊
我会成为这场战争的失败者
会沦为荒草的阶下囚
甚至某一天，我会默许它们
高过我的头颅。

（原载《十月》2017 年第 3 期）

渡口的妹妹

扎西才让

群山在雨中混浊一片，山上树木，
早就无法分清哪是松哪是桦哪是柏了。

铁船在河心摇晃，
那波浪击打着船舷，那狂风抽打着渡人。

隔着深秋的混浊的洮河，
身单衣薄的妹妹在渡口朝我大声叫喊。

听不清她在喊什么，但那焦虑，
但那亲人才有的焦虑，我完全能感受得到。

出门已近三月，现在，我回来了，
母亲派出的使者就在彼岸，雨淋湿了她。

"妹妹呀，你知道吗？我和你，都是
注定要在风雨中度过下半辈子的人。"

（原载《黄河文学》2017 年第 8 期）

绿 度 母

扎西才让

屋子里，女人袒露着乳房哺育她的孩子，
扭头远远地看你，她那眼神哦温柔又美丽。

你握着长枪的手心湿湿的，赶忙闪离了视线。
高原月光落在乡间的小院，如轻柔的飞絮。

等她奶好了孩子，等她理好了床铺，
等她吹熄了曾经照亮过绿度母的煤油灯……

你这才完成了站岗的重任，怅然地离开了，
可是啊，她没看见你被风吹干的泪痕。

直到你在岷州战场上牺牲的那日，
你的绿度母，她被一根绣花针扎破了手指。

（原载《上海文学》2017 年第 8 期）

成 年 礼

天 岚

那些年，河床多么陡峭
他孤身一人摸过最深的石头

十一岁，他徒步狼影流窜的山野

双手提着石块奔赴学堂

十二岁，他背着土豆小米
在他乡喂养破碎的锅和疼痛的胃

十五岁，他独自躺在医院
天花板上死神盘旋

十九岁，落榜书生在山顶问天
在驿站暗夜狠狠咽下泪水

妈妈，风吹草动的人间
一个少年独闯失火的天堂

今天，大河已经水落石出
他已出山，河底的顽石已绽若灯盏

（原载《诗林》2017 年第 3 期）

一首诗的魔法隐踪

天　岚

我想写一首诗，一首触摸天高地厚的诗
朗朗夜空，除了星光，再无灯盏
大地上，一个孩子在庭院站着站着，就到了远方
一条大河从生到死，正如我喉中的人间悲歌
壮丽，恒久，人们进进出出
瓢饮，洗脸，浇灌，酿酒
夕阳吻过的那个人，总是波光粼粼

从生到死，我最后写一首无有之诗，无用之诗

无我，无你

纸浆退去了火气，汪洋溶解了冰凌

万物完美地降解着万物

哦，我真是多欲而又不自量力

我歇斯底里喊她，日夜颠倒梦着她

她却时而隐约，时而暧昧，时而天马行空

我只轻轻一瞥，衣衫下共振的簧片就暴露了慌张

（原载《凤凰》2017年上半年刊）

沉醉在破碎的花园

天　岚

当太阳从群山后探出额头

万千丝弦半空虚挂

幽谷深处突然转身的冰河

被光刺醒，又沉沉睡去

西北风里有故乡的土腥

酒浆仍在喉咙翻滚

他醉眼迷离，逆光巡视

熟透的柿子还在高处悬照

金盏菊已随百草枯败

他问起园子的木栅何时坍开

秋天被谁连夜抢收

他捡起地窖上的落叶

仿佛喜获一把黄金钥匙

啊，五谷易朽，唯醉意亘久

多少良辰美景已成虚设

这柴门虚掩才是最后的完美凯旋

他说花园深处皆是佳酿

花园深处睡满我们的亲人

（原载《凤凰》2017 年上半年刊）

五　朵

尤克利

为什么美丽的花开出来正好五瓣

我喜欢五朵

人间有五福，天地间有五行

小兽的蹄印踏过尘土留下梅花图案

夜半分五更

一母所生的脚指头，分大小，分左右

结伴走这世间曲折的长路

双手合十，我拜佛

祈求相亲相爱的事物都能走到一起

（原载《诗选刊》2017 年第 1 期）

天边的流云

尤克利

天边的流云在缓缓地移动

低处的风借助小草使劲招手
小溪流去向意念中的远方
我知道水是能够轮回的
可不敢相信它们恰巧能够回到旧地方
闭上眼睛，冥想一下
数年后我的魂魄
必定会在一个繁星满天的夜晚
离开躯壳
留不住的倥偬的脚步，一去千万里
盘缠用尽，怅然回望来路
值日星官啊
谁接纳了我，都将是我命中的恩人
但我必定还会记挂着自己的生身地
那时，天边的流云
可否动用你菩萨一样的善念
送我回故乡一程

（原载《山东文学》2017年1月上半月号）

给星星写诗

尤克利

许多年过去了，你们多么像远去的亲人
明知不能回到这个村庄里来了
却还在夜空上眨动眼睛
听我们背诵汉诗

当我们抬头仰望，温暖已无法彼此到达
星星啊，你此刻如果不是手捧诗卷

就是在为自己的村庄选择最好的星座
当目光不能准确到达
当你们隐在天幕外暗自哭泣
想起曾经的温暖
思念的雨降下尘埃，有人还要升向高处
去完成一颗星星的命名

多么无奈的村庄啊，血浓于水的亲人
一代代留下种子之后转身离去
从此不再回来
只有星转斗移，岁月稳坐厅堂
汉诗打开的天窗星光灿烂

（原载《凤凰》2017 年上半年刊）

遇见一位大叔

牛庆国

回家过年
在岔口遇见一位大叔
他一见我就躲躲闪闪
好像是他欠了我什么
其实　是我 22 岁那年
欠了他老人家一笔人情
我拒绝了他和我父亲的约定
没有娶他的好女儿
为此　在我热爱的故乡
我声名狼藉了多年
大叔和我的父亲
都觉得做了一件丢人的事情

现在我才知道大叔多好
他的女儿多好
他们是岔里最早看得起我的人

（原载《诗刊》2017年2月号上半月刊）

风 雨 中

牛庆国

一片黑云从山头上翻了过来
田里劳作的人们　逃向家门
但有一个女人　那么柔弱
却非要把一捆柴草背回家
刚刚被闪电照亮的身影
接着就被风雨模糊
仿佛听见柴草让她先走
可她没有
山路泥泞　柴草越来越重
一次次被风雨推倒在地
她一次次又背了起来
仿佛把那片黑云也背到了背上
当她靠着地埂喘气的时候
低头看见湿衣服紧裹着的身体
忽然有些羞涩
那时　她的男人已跑回了家
她的毛驴和两只山羊也跑回了家
只有她和一捆柴草　还在路上
没有人知道　她曾感动过一场风雨

（原载《诗刊》2017年2月号上半月刊）

德生家的事

牛庆国

德生媳妇跑了
德生去找媳妇了
但一去都没了消息
只留下三个孩子
像三块小小的黑石头
支起家里的那口破锅
过了一年
大女儿被岔里人领走了
又过了一年
二女儿也被岔里人领走了
但几年过去了
德生的儿子还在家里
我见到他时
他正帮老王家杀猪
那卖力的样子
像是给自家干活
他说等过完年
就去城里打工
自己挣个媳妇回来
说时 脸已经红了
像小时候的德生

（原载《诗刊》2017 年 2 月号上半月刊）

在会宁的时候

牛庆国

在会宁的时候　我经常去南关的毛毛利皮鞋店
鞋店生意惨淡　小老板常在鞋盒上写诗
他的诗里有一种新皮鞋的气息
我和小老板互递着抽劣质香烟
并在他的火炉上熬罐罐茶喝
有时老板娘一脚把一只鞋盒踢出门去
我们就从诗歌的云端跌到皮鞋店的板凳上
有时　街上所有的路灯都已经灭了
只有南关的这间小房子亮着
两个下决心要当诗人的人　眼里的光芒
比鞋店的 15 瓦灯泡亮
那时　我们的身体里有很多可以发光的东西
当我们为一行诗而苦恼的时候
就听见有拖拉机或者卡车轰响着从街上驶过
过一阵有几个在舞厅里喝醉酒的人
高声大气地吹着牛从门前经过
街道上的垃圾被他们一下下踩响
他们是县城里活得现实而潇洒的一类人
在那里我没有几个朋友　鞋店的老板算是一个
忽然罐罐茶溢了出来
冲天而起的灰尘就落得我们灰头土脸

（原载《扬子江》2017 年第 3 期）

这个世界会好吗

毛　子

重读加缪的《鼠疫》
竟然在其中，遇到了聂树斌、魏则西、LY
和徐玉玉……

躲警报一样，我尽力躲避
但他们还是爬进
我的疫情

——"这个世界会好吗？"
突然想起殉道的梁济，临死前
问儿子梁漱溟

巨川先生啊，江河日下，万劫不复
哀莫大于心死
你渺茫一问
我们已配受不起

（原载《读诗》2017 年第 3 期）

生活书：场景

毛　子

她把卧室的灯光调暗，慢慢褪去
最后的蕾丝胸罩

现在，她暴露。她是她自己的大庭广众
她少到不能再少，而空气中
有种东西多起来

窗外大海摇晃，汹涌似乎涌进房间.
但她并不迫切。她手指滑移，并在浑圆的地方停了一下
她喜欢这样骄傲地打开自己

她鱼一样游过来。而他听到空气分开时
光滑的声音。当她捋捋散开的长发，并随手摘下
晃动的耳坠。他在想
只有妻子的动作才这样小
这样悄无声息

而在另一个房间，电视大开
智利南部的普耶韦山，喷发的火山熔岩
正将半个天空染成橘红

早上醒来，浴室传来悦耳的水声
他抱过她的枕头，深深吸了一口气
他感到爱和年轻
灌回身体……

（原载《鸭绿江》2017年第5期）

无穷：致扎西

毛　子

回到同一颗心的反面。这是佩索阿

教给我的
但在水天相连处，它已不重要
现在，其他的事物，在扩建我的无穷
你看，河水替我在流
翅膀替我在飞
行星替我在公转
数字替我长生不老……

如果还有什么要继续的
那就是再一次忘记它们
转向伟大的无知

（原载《诗刊》2017 年 9 月号上半月刊）

睡 前 书

毛 子

亡人节这天。我给
鱼缸中的父亲换水，花钵里的
父亲施肥。
打扫卫生，一粒细微的父亲
从尘埃里升起来
它可能会落在水泥的、棉布的、玻璃的、木质的、金属的、塑料的父亲
　　身上

这一天，我事无巨细，总有遗漏
晚上入眠，想起
量子理论……

（原载《诗刊》2017 年 9 月号上半月刊）

秋

——给小秋

方石英

一片叶子，就是一封信
带来你柔软的心跳
秋，在秋天
无数叶子飘落窗前
我的回信却只有一首失败的诗
秋，在故乡
在小镇迷茫的晚风中
我们一次次相遇又别离
秋，在他乡
在所有人都以为我完蛋了的
一九九九，你是唯一
相信我，投奔我的傻瓜
一片叶子，就是整个世界
在秋天，我们的孩子学会喊爸爸妈妈

（原载《浙江作家》2017年第5期）

在 微 山

方石英

可是我还在喝酒，尽管整座小城
都睡了，都在梦里做一个好人
那又如何？重要的是我还醒着

微山，微山，空空的城
荡荡的月光洒在微子墓前
也洒在张良墓前，万顷荷花已败
秋天早已深入骨髓

可是我还在喝酒，幻想一把古琴
断了弦，高手依然从容演奏
弦外之音，驴鸣悼亡也是一种幸福

微山，微山，微小的山
不就是寂寞石头一块
异乡的星把夜空下成谜一样的残局
趁还醒着，我喝光，命运随意

（原载《诗探索·作品卷》2017 年第三辑）

漂泊的石头

方石英

想起台州，便有一地月光
覆盖我近视的双眼
一些隐私在低处失眠
泛黄的家谱睡在上海图书馆

想起路桥，我又深陷忧伤
那些姑娘不再可爱
不再值得我把杯中酒喝光
她们已从绝句退化成流水账

想起十里长街，孤独的少年
在大提琴的阴影里寻找安慰
我是一块漂泊在他乡的石头
一把年纪依然痴心妄想

想起你，一颗流星投奔大海
请相信，我的骨头终将被台风擦亮

（原载《诗探索·作品卷》2017年第三辑）

野　寺

布　衣

一定有一座野寺，在我们找不到的地方
响着梵音；一定有一座野寺没有住持
但幸好有一个小沙弥在打扫唯一的院子
他还要挑水，浇菜，把山民供奉的苹果和橘子
送到二十里开外的尼姑庵
一定有一座野寺，门槛为青石做成
西侧的厢房安放着石磨，和晒干的草药
一定有一座野寺，香客不多不少
供奉的香火刚好够菩萨一天的伙食
一定有一座野寺，在山的南边
嶙峋的石头丛中，露出破败的瓦檐
一定有一座野寺，在高山之巅
眺望着我们冥顽不化的人生……

（原载《诗探索·作品卷》2017年第二辑）

明　瓦

布 衣

黑色的瓦面上有五块明瓦
仿佛看着天空的五只眼睛
我和兄弟姐妹透过这五片明瓦，看到过
轻飘飘的云朵，看到过溜溜的雨水
还看到过鸟雀拉的屎，老鼠拉的屎
还看到过一只野猫向我们龇牙咧嘴的样子

我们最想看到的，是正午透过明瓦的光线
照在地上之后，一群一群的灰尘沿着那光
向上升腾

（原载《诗探索·作品卷》2017年第二辑）

山坡上有一座公墓

布 衣

山坡上有一座公墓
鸟鸣清脆，虫声唧唧
路过的人，侧目就能看见

公墓旁有一座寺庙
佛号长鸣，梵唱悠扬
香客进进出出，恍若串门

山脚下有一座小城
车水马龙，市井声声
人们来来往往，互不相识

——它们加在一起
就是一方小小的人间

（原载《诗探索·作品卷》2017年第二辑）

山顶上的雪

布　衣

一觉醒来，发现世界一片白
发现远处的山顶戴上了厚厚的帽子
发现风里没有了一丝灰尘。一声咳嗽
一个孤傲的人吐出了带着血丝的痰
就一声。人世复归冷寂，哦，人世复归冷寂
群山顶上的雪兀自闪耀着光
像神遗落在大地上的一瞥

（原载《诗探索·作品卷》2017年第二辑）

枯　枝

布　衣

一截长长的枯枝还在树上。它死了，可它
还在树上，前端已经腐烂，看上去就要被风吹断
它的四周生长着新鲜的叶子和枝丫，这增加了它的隐蔽性

它死了，可这棵树还活着。因此，它的一端连接着
健康的树的枝干——原本它们是一个整体
现在，一边是生，一边是死
它们有了区别——就像时间的过去和现在。是的
对于这棵大树而言，枯枝常有，而且必然坠落
但未来的新生也正在神秘的孕育之中……

（原载《诗探索·作品卷》2017 年第二辑）

除 夕 日

东 篱

每年除夕的前一天晚上
母亲都坐在炕头
为父亲剪铜钱状的冥钱
每剪一打，都仔细端详半天

每年除夕这一天，赶在太阳出来前
大哥和我都要带着母亲剪好的冥钱
给父亲上坟
跟父亲拉拉家常
为爱热闹的父亲燃放一挂炮竹后
晨曦中的饭，刚刚端上了炕桌

从 1976 年剪到 2014 年
这冥钱有多厚
母亲的伤口就有多深
这上坟的路有多长

故乡就离我有多远

此后，我们依然在这一天清早
去上坟
只是坟里多了母亲
我们依然要带很多冥钱
只是铜钱无人再剪

（原载《特区文学》2017年第1期）

该怎样跟大字不识几个的母亲说荡漾

东　篱

母亲百日时，其他坟上的草
已没了小腿肚
油绿、齐整
仿佛出自园艺师之手
微风一吹，我脑海闪现出荡漾
五月的麦浪
初冬的芦苇荡
晨曦里的鸡鸣
月光下的蛙鼓
我想用这些熟稔的事物
跟大字不识几个的母亲说
如果不是因为母亲的新坟
土还湿热
这些大地拱出的斗笠状土包
身披绿蓑衣
头顶青焰火

我几乎脱口说出：
真好

（原载《扬子江》2017 年第 2 期）

还 乡 日

东 篱

薄雾中
地里的庄稼
砍头的砍头
削足的削足
凄惶的衰草抱着
披头散发的柳树

迎面走来老妇人
我以为母亲又活了一次
刺入耳鼓的唢呐声
我以为母亲又死了一次

母亲轻盈地从炕上
挪到了墙上
这一骤然间的悬空
让所有的还乡
都成了奔丧之路

（原载《特区文学》2017 年第 1 期）

白　发

田　禾

老了，头上生满了白发
真好，老也老得这么光亮

衰老从白发开始，皱纹随后长出
身高明显比年轻时矮了一截
眼睛只能眯缝着看人
口齿不清，记忆渐失
手脚变得越来越迟钝
性格比以前安静了许多
喜欢躺在藤椅上打盹儿

白发长得像秋天的衰草
为了不让人看出我的凄凉
我把它梳得顺向一边
稍稍打一点光油
但我还是选择少出门
我走路有点儿晃，脚步有点儿飘
满头的白发太轻了，压不住

（原载《诗选刊》2017 年第 4 期）

父亲的油灯

田　禾

夜晚来临，暮色深沉

父亲披着蓑衣从田野归来
他轻轻划一根火柴点亮一盏油灯
他怕火柴划断，浪费掉
一根火柴，只轻轻地一划

父亲养着一群孩子，还养着
一盏油灯。他把孩子越养越大
却把一盏油灯越养越小
他没有把灯火挑亮一些
他说，太亮了，费油。微弱的灯光
照见了他的贫贱和卑微

给灯火一间房子
父亲把光明装起来
他自己被一团黑暗吞噬
其实父亲就是我们家的一盏灯
不知在点燃灯盏的那一刻
他是如何吐出内心的光芒

（原载《芳草》2017 年第 2 期）

明　年

田　禾

今天是今年的最后一天，明天
就是明年了。过完这一年
我的生命中又多了一重霜
一重雪。今年我比较平淡
明年可能也不会有什么变化

依旧走在匆匆的人群中
结交一些人，送走一些人
与人打交道，占一些便宜
吃一些亏。有时欢乐一会儿
有时悲戚一会儿。很多时候
我饮泉水，住山林，把自己坐成
一团硕大的呼吸。在生活中
会遇见富翁、穷人、乞丐、疯子
富翁和疯子我都躲开，穷人
我当父母，乞丐我施舍他
依然按时回乡下去，提着一条
山路，清明节为父母上坟
明年，山河依旧，农民仍然按
季节种瓜种豆，按时收获
工人戴着安全帽，继续忙着
采煤炼钢，"和尚们忙于修寺庙"
明年我还是爱诗歌
爱屈原和一千三百岁的杜甫
写作，偶尔有间或的停顿
多数日子穿那件旧点的衬衫
在一朵雪花里藏起晚年的忧伤

（原载《诗选刊》2017年第4期）

陌生海岸小驻

冯　娜

一个陌生小站
树影在热带的喘息中摇摆

我看见的事物，从早晨回到了上空

谷粒一样的岩石散落在白色海岸
——整夜整夜的工作，让船只镀上锈迹
在这里，旅人的手是多余的
海鸟的翅膀是多余的
风捉住所有光明
将它们升上教堂的尖顶

露水没有片刻的犹疑
月亮的信仰也不是白昼
——它们隐没着自身
和黝黑的土地一起，吐出了整个海洋

（原载《诗刊》2017 年 1 月号下半月刊）

纪念我的伯伯和道清

冯　娜

小湾子山上的茶花啊，
请你原谅一个跛脚的人
他赶不上任何好时辰
他驮完了一生，才走到你的枝丫下面

（原载《汉诗·新月》2017 年第 1 期）

当死亡正在来临

吉狄马加

从今天起就是一个孤儿，
旁人这样无情地对我说。
因为就在黑色覆盖了白色的时候，
妈妈就已经进入了另一个世界。

不要再去质疑孤儿的标准，
一旦失去了母亲，才知道何谓孤苦无助。
在这块巨石还没有沉没以前，
她就一直是我生命中的依靠。

当死亡在这一天真正来临，
所有的诅咒都失去了意义，
死神用母语喊了她的名字：

尼子·果各卓史，接你的白马，
已经到了门外。早亡的姐妹在涕泣，
她们穿着盛装，肃立在故乡的高地。

（原载《作家》2017 年第 1 期）

记忆的片段

吉狄马加

多少年再没有回到家乡，

并不是时间和空间的距离，
才让她去重构故土的模样，
而这一切是如此遥远。

姐妹们在院落里低声喧哗，
争论谁应该穿到第一件新衣，
缝衣娘许诺了她们中的每一位，
只有大姐二姐羞涩地伫立门前。

坐在火塘边的祖母头发比雪还白，
吊着的水壶冒着热腾腾的水汽，
远处传来的是放牧者粗犷的歌声。

这是亡故者记忆中的片段，
她讲过多少遍，谁也说不清。
但愿活着的人，不要忘记。

（原载《作家》2017 年第 1 期）

容　器

老　井

一个人看护一座冗长的采煤工作面
内心的液压支架
独自支撑起了大地的重量
大肚子的设备内，出发的电流是嗡嗡乱叫的群蜂
峭立的煤壁多像成长了亿万年才熟透的
黑色花蜜。深夜两点
八百米以下的这个巷道内刮来一阵新鲜的气流

那是由地面压风机从百里大平原
吸入的气息
其中夹带着多少人间的悲喜，万物的呼吸
深邃、狭长的采煤工作面
一个大地上最底处的形而下容器，容纳了多少吨的
庙堂之高的豪迈，民间底层的疾苦
索性关了矿灯，之后看见流经眼前的黑暗
一会儿产生茅屋为风所破的呼唤
一会儿发出古罗马斗兽场的呐喊
一会儿变成官员慷慨的发言
一会儿吼出钉子户顽强的抵抗

你听，海啸注入针孔的声音多么绵软
一部黑色的线装书足够包容宇宙万物
不驯的心跳

（原载《草堂》2017 年第 7 期）

清晨升井

老　井

起初是一点点的光亮
像是阳光叉开手指捂住了自己的双眼
上升的大罐开始减慢
钢铁敲打黑暗大鼓的声音逐渐放缓
几十张乌黑的面孔，快快吸食黑暗的海绵
努力向上扭转。人人都在准备抽出体内储备的
干柴，交给突破底线下潜的第一丝温暖
点燃。亮越来越大，已经看得见混凝土的井壁

被黑漆篡改本来面目的钢梁
每个乘客都在自己的体内惊呼
钢铁的大罐载满男人们最大功率的钝叫
像弯腰舀水的月亮一样上行吃力

黑暗的山顶就是光明。快抵达地平线了
天底下最黑的脸，已经涂上白色颜料般的光焰
罐笼停止。人们涌出钢铁的大门
脱掉底层黑的目光，穿上霞光白亮的注视
井口工业广场上，太阳倾倒了几百桶的新鲜奶油
肆意地冲洗着几十匹摇头摆尾的黑骏马

（原载《绿风》2017 年第 1 期）

地心的蛙鸣

老 井

煤层中，像是发出了几声蛙鸣
放下镐，仔细听
却不见任何动静。我捡起一块矸石，扔过去
一如扔向童年的柳塘
但却在乌黑的煤壁上弹了回来
并没有溅起一地的月光

继续采煤一镐下去
似乎远处又有一声蛙鸣回荡……
谁知道，这辽阔的地心
绵亘的煤层，到底湮没了多少亿万年前的生灵
天哪！没有阳光、碧波、翠柳

它们居然还能叫出声来
不去理它，接着刨煤
只不过下镐时分外小心
怕刨着什么东西，（谁敢说那一块煤中
不含有几声旷古的蛙鸣）

漆黑的地心我一直在挖煤
远处有时会出几声
深绿的鸣叫，几小时过后
我手中的硬镐变成了柔软的柳条

（原载《诗探索·作品卷》2017年第二辑）

策 马 行

吕贵品

在一条扶摇飘逸的路上
路两岸莲花开放
我在莲花之中正策马而行
策马而行，策马而行，

心跳是马蹄声声
全身的血液是一匹红马驮着我

当下。天地缥缈
我的身躯正高举飘飘的银发
骑着那匹红马争分夺秒向前驰骋

人类的脑袋

戴着发套在红马群上移动
如同熙熙攘攘的肥皂泡一个个地破灭了
红色的马毛开始脱落
落在山巅飘起一缕晚霞

我的红马倦了　不想驮我了
红马跌倒　心跳的蹄声刨起一阵黄土

我只好弃马　驾鹤而行
我顷刻身轻如云
我不用在生命之中呻吟了
离开那匹红马我会更自由地飞翔

（原载《特区文学》2017年第2期）

树 在 哭

吕贵品

琴声奏响　在天地间奏响
哀婉声叹得太阳惨红月亮惨白
在太阳的血中月光的水中树影瑟瑟
琴声提醒人们
全世界的琴都是树做的

每一块木头都记住了
风吹树叶声
雷电声
鸟声
雨水声

树枝折断声
今日琴把这些声音又演奏出来

还有制琴人的声音
演奏者的声音
谱曲的纸声
以及现场所有听众的声音全在琴里

这些声音欢乐的不多
大部分都是苦难
一棵大树被砍伐被锯被刨被凿
最后成琴

当所有的琴演奏到悲哀的乐章
听，那是一棵大树在哭

（原载《诗探索·作品卷》2017年第二辑）

沉　哀
——再致陈超

华　清

"太阳照耀着好人也照耀着坏人"
当他这样说时，他无疑将自己当成了好人
是的，他是。相识二十二年中，
我完全可以证明。

那时，太阳照耀着我们的年轻
太阳照耀着我们热情但并不白皙的面孔
但那些意味深长的文字让我敬重

惊讶，那时他已预言了桃花无尽的来世

如今想想，那时我们迷恋
诗歌修辞中的创伤，意象的悲情与瑰丽
是有理由的，那时我们都年轻
单凭一些词语，就会彼此将对方紧紧握住

二十年过去仿佛一瞬，那些
古老火焰的叙事才开了个头
就已变成残梦依稀。略带苦涩的笑容
已冰冻凝结，夹进了未完的诗稿中

这个冬日，太阳为什么没有照到你的阳台
为什么没有照耀你难以入梦的黑夜
为什么没有照耀我们渐趋老去的面孔
没有唤醒那从前的热爱，以及诗歌中隐秘的欢愉？

（原载《山花》2017 年第 1 期）

在春光中行走一华里

华　清

他在春光中行走了一华里
眼睛稍稍有些酸疼。春光
是这样的好，春风是这般清冽
迎春花已开了，小鸟在枝头鸣唱
玉兰花那硕大的苞，即将如少女的
胸襟一样绽放，小草与柳芽
也在做崭露头角的游戏……可春风

对这一华里来说，已不是纯粹的美丽
它那样在周身缠绕，如一件轻薄的新裙子
招摇，炫耀，花蛇般吐着瘆人的芯子
这景致让他感到从未言过的恐慌
让他疑心，这春风犁过的土地上
尽是旧时相识。除了欢宴、游戏
还有墓碑、白骨。无家的游魂，无处不在的
破产消息。空气里浮动着嘈杂的乐曲
他依稀看见多年前的伙伴，薄命的表弟
在泥土和草芽间向他招手，他仿佛
看到一队亲人蹒跚的行旅，看到在早春
相继掉队的祖父、祖母、姑姑……
不知为何，他突然眼含热泪
停下了脚步

（原载《作家》2017年第7期）

在 羊 拉

刘　年

拍照，不要站在悬崖边！
这里的风，很变态。
阿贵说，在羊拉，要学会三件事：
同石头说话；钓几乎没有鱼的金沙江；
喝怪味的松子酒。

阿贵，傈僳人，是铜矿的文员，
穿着脱毛的皮夹克。
两杯酒后，还原成了巫师，

用一种神秘的语言，又跳又唱，
有云飘过来，羊群一样，聚满夜空。

第三杯后，便醉了，他说，
经常去金沙江边，一坐就是半天。
一个带卓玛的名字，
花生米一样，被反复咀嚼。
他说，羊拉的女人太黏人，
曾骑马去看他，四天才到县城。
他说，迟早会离开，
铜矿，迟早会挖完。
他说，这里的冬天，有一人多高的雪。

羊拉的风，女人一样，
在篮球场上哭了一夜。
第二天，羊拉的草全部黄了，
风，不知去向。

（原载《汉诗》2017 年第 2 期）

西溪村的黄昏

刘 年

胭脂花准时开了
七只白鹅，从河里上来，整齐地向杨家走去
板栗树下，老人们各自回家吃饭
26 岁的胡三宝还站在那里，含着手指，卑怯地微笑着
他的对面，青山含着夕阳

每个美丽的村庄
都有一条小河、一棵老树、一个胡三宝一样的痴人
他们都是大地上的神

（原载《诗潮》2017年第5期）

在 绵 阳

刘 年

第一要提的，是世纪巴登酒店
这个五星级的监狱，到处有摄像头
我经常坐在铝合金的窗口，等吃饭
比我还听话的，是绵阳的云
仿佛有人拿着鞭子抽打一样，只往一个方向去
西北偏北，就是甘南大草原

第二要提的，是黄鹿镇
那天，一辆公交车穿过燃烧的绿野
将我扔在这个满街清甜的集市
黄桷树下，我席地而坐，认真地削一只青皮梨
一个女孩央求妈妈买公主裙
当时，女儿和母亲一样漂亮
当时，真想把整个镇的裙子全买下来

第三要提的，凌晨两点，从网吧出来
倾城的雨，像个巨大的喷头，清洗着尘世
我脱掉凉鞋，金菊街涌来沧浪的水
我大声唱歌，天际传来鼓点
我仰起脸，老天认出了我这个逃犯

我脱掉上衣，一道伤疤，照亮了人间

（原载《诗探索·作品卷》2017年第一辑）

在乌蒙山露营

刘 年

看到金沙江才知道
乌蒙山一直在大出血

坟地里，走出一个驼背的老人
要了一支烟，又走了
下弦月，像一个头盖骨

接到一个电话，幽幽地问
知不知道她是谁
慌忙关机。握住刀柄

穿过松林的大风，在寻找丢失的孩子
孤独和恐惧是两姐妹
恐惧，头发和指甲都要长得多

缩进睡袋，鸵鸟一样，护住头
念《心经》，向乌蒙山忏悔，祈祷
发誓不再给矿老板写文章

第二天，打开帐篷
紫白的洋芋花，在风中，美如裙裾

朝阳，像母亲煎的蛋

（原载《诗探索·作品卷》2017年第一辑）

隐　居

刘　年

枯坐，写字，煮小粒咖啡
一天不下一次楼，一天不说一句话

闷了，在阳台上站一站
黑云低垂，仿佛有雨的样子

有点同情老天爷了
每天都得面对满目疮痍的人间

（原载《诗探索·作品卷》2017年第一辑）

臣　子　恨

刘立云

在朱仙镇，我脚步轻轻怕踩碎白骨
在朱仙镇，我腹内空空疑咳出夕阳

甚至我忍住饥渴，不敢饮那里的水
府志上说：血可漂橹，战争太咸了

（原载《人民文学》2017年第5期）

临川来的县令

刘立云

临川来的县令，姓汤，大水汤汤
的汤，而他只带来三滴水
一滴敬天，一滴祭地，一滴洗亮蒙尘的眼睛
白天用来办案，夜晚邀请遍地的鬼魂
有仇的报仇，有冤的申冤
对那些错失姻缘的
在戏台上，还他们一生的不了情

（原载《人民文学》2017 年第 5 期）

四十二年那么厚的一种钢铁

刘立云

我在穿透四十二年的一个孔隙里
看他——

冰天雪地。生命中的第一班岗
旷野上的风像一群猛兽
在厮打，吼声如雷；有几次把他置身的岗楼
推搡得摇晃起来。他下意识把手
伸向扳机，又下意识
缩回来
他感到他触到了一块巨大的冰

那天他记住了度日如年这个词
其实度一班岗也如年
一生多么漫长啊！当时他想，就算活到六十岁
年满花甲，也还有四十二年供他
挥霍。确实这样，他当的是炮兵
用破甲弹打坦克那种
当时他又想，那么四十二年近半个世纪那么厚的
一种钢铁
用什么弹头，才能将它击穿？

（那天他还嘀咕，击穿四十二年近半个世纪
那么厚的一种钢铁
导弹肯定不行，原子弹也未必那么大
的杀伤力；美国人牛逼烘烘，宣称指哪打哪
这么尖端的武器，怕也没有造出来）

二〇一五年二月二十八日是个平常的日子
我的上司通知我不要上班了
准备收拾东西回家
他说呵呵，辛苦了，到站了，接下来的每一个日子
你都可以去钓鱼，去游历名山大川
也可以去寻医问药，治治
长年累月被压弯的颈椎、脊椎和腰椎

我愣在那里，恍恍惚惚又怅然若失
透过穿越四十二年那个孔隙
我心里一惊：四十二年近半个世纪那么厚的一块钢板啊
嗖！嗖！嗖！就这样被我击穿了？
透过穿越四十二年那个孔隙
我看见十八岁的他，仍然傻傻地背着那支

老式 AK-47 冲锋枪
站在风雪中的岗楼里，不时倒着脚

（原载《人民文学》2017 年第 5 期）

手指在散步

灯 灯

星辰在屋檐上散步。我的手指
在你的五官上散步。
雏菊的香气，从小巷的深处
来到窗户
我的手指在你的鼻梁上散步，它已
成长为高山，内部
无数树木在生长，它们和夜晚一样黑
一样黑的它们，长不大也在生长
不见阳光，不见阳光也在生长
我的手指在你的唇上散步，很久了
它失却了它的语言
飞不出去的鸟，在你的喉咙里扑打冬天
我的手指来到你的心口：
这里，刚刚熄灭一座火山。

（原载《诗探索·作品卷》2017 年第三辑）

中年之诗

灯　灯

害怕深夜接到电话
害怕深夜接不到电话
害怕清晨醒来
你的手
已离开我的手
害怕生铁轻盈，在天上飞
害怕云朵沉重，在水里沉
害怕仇人敲门
要祝福我
害怕亲人在天边
要呵斥我
害怕琴声远走他乡
寻找它的琴
琴声里的孩子们，赤脚，穿旧衣服
他们拉我的衣角，向我乞讨，叫我阿姨
害怕披头散发的老人
拄拐杖，端瓷碗
暮色中
喊我闺女
害怕欠下的债已还清
害怕欠下的债
永还不清
害怕不知悲从何来
害怕知道

悲，从那里来——

（原载《诗探索·作品卷》2017年第三辑）

山冈之上

灯　灯

落光了叶子的树木在山冈上，稍走近
就能感受它的寂静
和我的静不同
它弯曲，向上，更大的静
来自苍穹
云朵自顾自飞，一朵接一朵
一朵接一朵——
你也是飞的，孩子，多年后
你在寂静的山冈之上
看见多年前的我，看着你飞
悲从中来
喜从中来
那时，我懂的，你也懂了
那时，地上的落叶，比之前
多了厚厚的一层——
你不会也不可能成为我，但亲爱的孩子
山冈之上：
你，终会理解寂静。

（原载《安徽文学》2017年第5期）

遇见桃花

江红霞

那是个冬天。院子里有几只鸡
屋内有火炕，一群人在聊天
野菜包子，小豆腐，凉拌桔梗和烤羊腿
我走出屋外，不是要晒太阳
不是要和院子里的小鸡
说话，不是要赞美
农家院主人的厨艺——我去解手

农厕在院子里，一株枯树旁边
因为干枯，看不出是什么树
没有名字的枯枝上盛开着
桃花。粉绸子缝制的桃花有一张精致的脸蛋
立在北风里。我决定不去俯身相问
家里有几亩地，房子
何时拆迁，孩子上学要花多少钱
这几朵桃花，像阳光一样照亮了此刻
——我从没见过这么美的春天

（原载《诗探索·作品卷》2017年第四辑）

商　量

江红霞

如果爱有体重，我只要其一半就行

另一半你拿回去，一些撒向
你经过的草地，河流，山峦，天空
一些分给你的朋友
包括男朋友和女朋友

还有一些要给你热爱的逻辑和数学
空想与运动，以及
你不太热爱的厨房和洗衣机
以此测量生活的周长和面积

我只要一半就行，亲爱的
这意味着，我的一半与你的
融为一体，在厨房做饭
在阳台浇花，为孩子盖被

而我的另一半，一定要
还给夜空的星星

（原载《诗探索·作品卷》2017 年第四辑）

逆 光

江红霞

朋友的轮廓披着金光
在火车站出口，他挥起手
我也抬起手臂
跟一道挥舞的金光打招呼
看不清他的脸，但我知道他在笑
他的朋友也跟着笑起来，尽管

我们还未相识
有那么一瞬，我看到了时间停止的模样
三个木棍一样的影子伫立
孩童一般的笑容挂在高楼的大屏幕上
地面行人如潮，各奔东西

（原载《诗探索·作品卷》2017年第四辑）

纸上生活

汤养宗

在纸上挖山，种树，开河流，当建筑师
也陪一些野兽睡觉，当中，还喜欢
看夕阳西沉，怀想谁与谁不在眼前
便又涂改两三字。至此
一张纸才真正进入黑夜
更多时候，我绕着纸上的城堡跑
在四个城门都做下记号
为的是让时光倒流，也为了可以
活得更荒芜些。我借此相信
一个人有另一座坟地另一个故乡
并可以活得与谁都无关
这一捅就破的生活，为什么要一捅就破
真是命如纸薄，每当我无法无天
像个边远的诸侯，过得真假难辨
便知道，这就叫纸包着火
我又要撕了这一张，在人前假惺惺再活一遍

（原载《人民文学》2017年第2期）

寻 虎 记

汤养宗

如果没有意外，我养在寺院里的猛虎
已经能诵经，抄卷，主持功课
可谁也没有认定这是觉察而非思辨
有一些腥味走动在月色里
还有一些吼声像失败的魔法，成为
无效的传奇，国家的词典
继续反对我写下这些含糊闪烁的镜像
可要申辩的是，每一个夜晚
都是古老的夜晚，微风的脚步声
也是来回走的，大殿里大香袅袅
偶有不合群的木鱼游离而去
铁塔有不安的心，藏经洞还有另一个出口
有人在寺院围墙外喝酒
皮肤慢慢长出了花纹，声音变尖厉
他开始用反驳替代所坐的位置
忽地夺路而去，目击者仓皇做证
院内那棵菩提树突然着火
我寻常死死看守的语言深处，手脚大乱
在一块岩石上摸到了皮毛
又听见有人喊我师父，耸了耸斑斓的肩膀

（原载《人民文学》2017 年第 2 期）

海　边

孙方杰

我不愿意就此罢休，在大海边伫立
我才知道我的梦想
还是那么广大，仿佛不曾四十五岁
不曾已有半截的身子，埋入了泥土

鸥鸟嘶鸣，那梦想的叫喊
来自更辽阔的天空
大海越远越高，天空越远越低
两种蓝色的融合
那是我和你在那里相遇

我还看到鱼的跳跃
那鳞片的闪烁，仿佛我年少时澎湃的激情
在向我渐进慵懒的中年时光
提出严重警告

而现在，我流连忘返
在忘却了山川，小溪，河流的海边
我找到了丢失已久的梦想
看到了站在天际交融处的未来

——那蔚蓝的，呈现着辽阔之美的伸展

（原载《芒种》2017 年第 9 期）

仿　佛

孙方杰

我还不知道如何珍惜时光
岁月就流走了
仿佛刚刚眨了一下眼睛
又仿佛发旧的地板上，刚传来了一声吱呀
仿佛过家家的锅灶刚刚支好
又仿佛你穿的那件鲜艳的裙子还在风中飘
仿佛来了一个春天，只听了几声布谷的鸣叫
就迅速消失了踪影
又仿佛十里荷花未开尽，只看了一眼蜻蜓点水
就有冷风吹透了寒冰
仿佛刚刚还在小河边吻你
又仿佛婚礼的音乐才刚刚开始
仿佛不懂事，就已经长大了
仿佛还没有睡下，就已经醒来
仿佛还没有看惯春风秋月
仿佛还没有走够关山路远
仿佛还没有喝过三杯两杯浊酒，七滴八滴雨露
仿佛还没有做完千里梦，读过万卷书
仿佛还没有过够这苦日子
仿佛还没有亲够你的嘴
这时光啊
打着哈哈跑了，它追逐着流水
追逐着烟雨上的苍颜，就追上了墓草上的风

（原载《芒种》2017 年第 9 期）

独 弦 琴

花 语

我注定不是为凡俗而生。每一天
神都在深夜把我叫醒
让我清洗内心的沉痛
交叉而过
与戴面具的人流，勾手点头
我表面的粗粝，是因为现实与我的所想反差太大
因为被反复掏空而抑郁太多
我显得浮躁而不停地奔跑

我是一把独弦琴，没有人弹我
常常在夜里，与黑对话
枕边的风，拖着尾巴
它说，花语，你流沙一样的生命
是另一种壁挂

（原载《星星》2017年第3期）

车过国贸桥

花 语

强制是没有用的
秋天设卡，阻拦，勒令
都没能阻止大风，刮过落叶的头顶
冬天三令五申

排斥，强拆，压制
都没能挡住春天
小草钻出地面

现在是寒冬，万木萧条
霓虹充当着繁荣
红灯叫停着每一个想要横冲直撞的马达
嘈杂的分贝里
只有爱，是安静的

此时，北京的万家灯火
亮不过一颗想念
狂奔的心
此时，机场大巴穿过国贸桥

像我在爱你的路上
蹚过的无数个来回

（原载《诗潮》2017 年第 8 期）

在这薄凉的世界上：给 JH

花　语

我不能说，我从没找到爱
也不能说
宿命中的缺失，代表永恒
银杏叶扇形的手语，是金色的
它不属于冬天
你偏执到极致的唯美

我抓不住，只能想象

我变得越来越阴郁
越来越喜欢一个人，走
旁门左道
看每一棵路过的白杨把伸展的枝杈
伸向空漠
善变的人心如刀
一个人，我不能说
孤独就多不幸福
又多凄凉

在这薄凉的世界上
谁不是一个人，要叠着自己的影子
回到来时的地方

（原载《诗潮》2017 年第 8 期）

生日快乐

苏历铭

不想惊醒女儿英伦求学的睡梦
又想第一时间送上生日祝福
整整一天反复查看时差
耳边隐现她出生时
清脆的啼哭

必须承认，从护士手中接过她的瞬间
迅即紧紧抱在怀里

每走一步都格外小心
生怕尘世的噪声惊扰酣睡的笑容

依然记得她倚着镜子学会站立
摇摇晃晃扑到我的怀中
以及在越洋电话里羞涩地喊我：
爸爸

今天我的脑海里全是女儿
虽已长大成人
却是永远长不大的孩子
多想让她重回襁褓之中
我会更像父亲
呵护她重新慢慢长大

雨夜中的想念是湿漉漉的
因为她，有时我要向世界妥协
血脉相连！撑一把伞
不想让飘逸的秀发落上一滴雨水

而现在，她在地球的另一个方向
独自面对昼夜颠倒的裂变
化解内心所有的纠结
露出阳光般的笑脸

将来我想和她成为邻居
每天都能看见窗子里的灯光
看见她的身影
即便我们并不天天说话

（原载《诗林》2017 第 3 期）

烟　花

苏历铭

始终找不到合适的词
描绘烟花的绚烂
在漆黑无际的夜空里
每一次腾空而起的绽放
闪现人间所有的花
惊艳与凄美、繁茂与寂寞
我必须紧抿嘴唇，不让泪水
落下来

初到北京的深秋夜晚
坐在景山后街的马路边
看广场上空
升起一夜的烟花
它们点燃血脉里的每一滴血
我曾想把自己变成
一束璀璨的烟花
在祖国最黑暗的时候
发出应有的光

光阴消减生命的长度
烟花的光芒不再燃烧青春
只照亮结痂的内心
现在，烟花出乎意料地盛开
我只会安静仰望
在光芒暗淡的瞬间

有时想起一些伤感的往事

往事比烟花开得长久

有的镌刻在身体里

灼伤坚硬的骨头

今年春节

我打算多买一些烟花

不再赋予任何的寓意

在人潮退去的时候

独自点燃它们

只想看它们照亮黑夜

看自己的生命里还能开出多少朵

美好的花

（原载《诗林》2017年第3期）

镜 中

苏历铭

正面照镜子

我看见少年的自己

嘴唇略厚，像是不善言辞

心底又像全部明白

脑门儿宽大，能上映宽银幕电影

人群中静若处子

思绪却翻江倒海

眼球如同水平仪里的水珠

寻找平衡点的晃动中

脚掌从未离开地面

憧憬远方，江桥上驶远的绿皮火车

让自己经常热泪盈眶
侧面照的时候
我看见两侧都已白发杂生
闪烁着银色的光芒
从青春到现在，像是动若脱兔
逾越所有的栅栏和陷阱
把都市当成草地
把阴影看成青草
在僻静处不断撕掉肌肤上的死皮
亮出生命的底色
天大的委屈都会搅拌到茶杯里
一饮而尽，转过头来
依旧一脸阳光
用目光垫平去路，用善意抚慰伤痕
不违心奉承
不与长得猥琐之辈说话

其实我最想看清今天的自己
北京雾霾弥漫
呛得不得不低下头来
而低下头，我看不见镜子
看不见镜中人
童年时脚面上被狗咬过的疤痕
也全然不见

（原载《诗探索·作品卷》2017年第二辑）

小叔子吴占举

李　点

南臣赞村村民吴占举
幼时高烧不退
村医打了几针庆大霉素
致失聪
致失语
致失学
致娘死不瞑目
致而立之年方娶糖尿病患者为妻
致贫
致今仍无子嗣继承自己的
种地手艺

（原载《汉诗》2017年第2期）

那　时

李　点

我偷偷把你唤作亲爱的
把你的姓氏涂在手心里攥住
那时，我饱满并且慌乱
等待着幸福降临

（原载《汉诗》2017年第2期）

不应该的事物

李　南

一个富人不应该瞧不起穷人
他梦想进天国
比骆驼穿过针眼还要难。*

人类不应该瞧不起一只蜜蜂
它热爱劳动，有狂喜和惊讶
并不比懒汉缺少什么。

过路人不应该怠慢钟表
那秒针是一把钝刀
足以让灵魂发出哀鸣！

黄昏不应该撤去最后一道光线
运河、垂柳、作业本和小提琴
将在何处安放？

当我们不再抬头看星星时
星星眼里就储满泪水
广袤夜空传来它难过的追问。

（原载《诗刊》2017 年 7 月号上半月刊）

---

* 引自《圣经》（马太福音 19∶24）："我再告诉你们：骆驼穿过针孔，比富人进天国还容易。"

世界残酷又美······

李 南

世界残酷又美
有时罪行需要树荫遮蔽。

迪士尼从彼岸飞往上海
转基因出现于寻常百姓的餐桌。

大自然有法可循
弱小的国家仍为疆土战斗。

哦，燕子！这风雨的精灵
从遥远的飞翔中得到了力量。

人们为爱饥渴，为欲望燃烧
但总有一些心灵获救于美。

世界被一只魔掌控制
幸好大海的言辞安慰了我。

矮小的阿提拉*，挥舞着弯刀
在马背上咆哮。

（原载《诗刊》2017 年 7 月号下半月刊）

---

* 阿提拉：也称匈奴王，古代欧亚大陆匈奴人最为人熟知的领袖和皇帝，史学家称之为
"上帝之鞭"。

现在，曾经

李　南

现在，我获得了这样的特权——
在文火中慢慢熬炼。
曾经厌恶数学的女生
曾经孟浪，啃吃思念的果子
曾经渎神，蔑视天地间的最高秩序……
现在，我顺从了四季的安排
屈服于雨夜的灯光
和母亲的疾病。
我终于有了不敢碰触的事物
比如其中三种——
神学、穷人的自尊心，和秋风中
挂在枝条上的最后一片树叶。

（原载《诗刊》2017 年 7 月号下半月刊）

潜 伏 者

李小洛

其实已经没有什么秘密
天空早已将一切看穿
洪水在七月总是比人更高一筹

我在洪水中潜伏下来
在每一个可能的时刻

夜里也不浮出水面
梦中的一些奇遇，梦中
渴望得到你的胭脂和菩萨
其实是为了来生相见时
能有一个醒目的印记

风也早已失去了力和速度
还有什么可以炫耀
从孤岛返回，那是一次难忘的旅行
没有摄像师、灯光、舞台
没有变魔术的人
我再也回不去了，再也不能回去

最后的审判到来之前，活着或死去
我都将保持沉默
一旦开口，就什么也没有了

（原载《中国作家》2017 年第 10 期）

我想念那些亲人

李小洛

我在夜里重复着开窗的动作
是想让那些月光照进来
照上每一面雪白的墙壁
然后关上门，不让这群
远道而来的客人在这个冬天
又一次离开这所空房子

总是担心他们其中有人
要告辞，从不同的位置里
突然抽身，然后
大地就一片银白
窗口就一片漆黑
我的眼睛就会饱含热泪

喜欢这夜里开窗的刹那
灰尘们突然现身
我的那些亲人们一涌
而进，有的把门环弄响
有的在厨房里忙出忙进
有的把书本翻乱
有的敲着我的桌子，我的额头
像是一群快乐的年轻人

（原载《西安晚报》2017年）

交　换

李小洛

我们交换雨伞
在一场即将停止的雨中
交换脚上的冰鞋。鞋子飞行
一块渐渐消失的冰面
交换彼此的名声

在夏天的傍晚
交换彼此的悬崖

悬崖上垂下的绳梯

交换身体时，留下胆囊中颓废的忧郁
交换药品，留住尚未散去的药力
交换爱，留下爱上别人的余地

交换马匹
一条离开故乡的小路
交换云朵，抓住一顶被风吹起的帽子

交换彼此的生活，是一个人走进迷人的会议
另一个人，离开话筒的余息

（原载《太原晚报》2017 年）

折　射

李元胜

我能记起的，是一生中的某些年
一年中的某些天
它们就像景象不凡的树林
每过一天，就会更加繁茂
其他的日子
不过是通向它们的小路
围绕着的田野

或者，什么也不是
只是那片树林的摹本
对它们的再次回忆，或模仿

这当然很不公平
我尊重每一个日子
每一份，被称为当下的时空
但记忆有自己的选择
而且非常固执

有时我倾向于服从，比如
在小区的夕阳里散步
想起几位死去的故人
阳光，突然呈现某种荒凉之美
仿佛光线，经过他们时
发生了奇异的折射

（原载《诗潮》2017年第4期）

早起何为

李元胜

早起何为，扫地看花
用今天的扫帚扫昨天的地
用古人的扫帚，扫我无用的一生
用一个时辰，从翻开的书
扫出去，一直扫到海角天涯
它弹回来时，消失于无形
原来我无所持握，只是在低头看花——
清晨的花是诗人
黄昏的花是禅师

（原载《国酒诗刊》2017年第3期）

过张北镇

李元胜

一生中，至少须两次过张北
一次你是帝王
马蹄搅乱了白云和黄沙
白云落在坝上，还原成羊群
黄沙落回河北，还原成村落
还要把大风，顺手系在那棵皂角树上
整个青春里，你都听到它的嘶鸣
另一次，你只是一个心碎的人
前面再美的草原也救不了你
你低着头，弯着腰
路也低着头，弯着腰
所有奔赴着的事物，只是强忍着
没有回头

（原载《国酒诗刊》2017 年第 3 期）

良 宵 引

李元胜

你读到爱时，爱已经不在
你读到春天，我已落叶纷飞

一个人的阅读，和另一个人的书写
有时隔着一杯茶，有时，隔着生死

我喜欢删节后的自我，很多人爱着，我剪下的枝条
直到，奇迹出现了，你用阅读追上了我

你读到一粒沙的沉默
而我，置身于它里面的惊涛骇浪中

（原载《国酒诗刊》2017 年第 3 期）

给

李元胜

这神秘的方程式已经结束
它并不完美，但似乎是对的

好吧，我把马留在这个故事里，只身向前
再没有一个名字可以淹没我，这也是对的

春天，不过是一场拉锯
宿命有着冬天的锯齿，我有着夏天的锯齿

曾经，你是我的好天气，也是我的坏天气
但终究结束了，唉，一个人的失败竟然如此之美

（原载《国酒诗刊》2017 年第 3 期）

山中听雨

李长平

那团云抱住了山头
我就知道
一场真情的思恋
将在山林间恣意挥洒
雨中的山没有一丝凌乱
听着酣畅淋漓的唰唰声
我的心身被一种伟大的静穆占领

我也曾搂抱着尚有余温的父母的脖子
不停地呼叫摇晃
任凭我撕心裂肺
父母都静如雕塑
在如泣如诉的喇叭唢呐声中
我像泥石流中的一条小鱼
在喧嚣的狂乱中找不到一汪静水

山中的季节略显疲惫
在以静为主的色调里
蠢蠢欲动的豹子和多依树下邪乎的影子
都不敢靠近我
身后的神火庙
风雨中
在碎砖烂瓦里一点点遁匿
一种巨大的正静
笼罩下来

气定神闲，远缈

（原载《汉诗》2017年第2期）

鸡圈里的事

李长平

我知道把你丢在新的群落里必然受尽欺凌
惟其如此，你也才有活下去的资格
这是一个群起而攻之的场所
这是一个令灵魂蒙羞的场面
我几次来保护你
你却逃到群里
接受更为惨烈的欺啄
你脊背的毛被一绺绺扯去
露出油皮
你的冠子染满鲜血
你缩着脖子努力咽下满嘴血污
夹着尾巴在群中颤抖
把我看成比啄食你的同伴更凶残的恶魔

是啊，只要能活下去
就比什么都强
如果天堂那么美好
世间为何拥挤不堪

（原载《汉诗》2017年第2期）

母亲的日历

李长平

大年初一，母亲打翻了饭碗
跟我说，兆头不好啊，我过不了今年了
呸呸呸！我一面驱弃母亲不吉利的话
一面含泪收拾
我们假装谁都不在意她的话
我们的一言一行都自然而然

母亲的日历在风雨中翻过
她一生从未孤独过
年轻时负侮前行
中年时贫困陪伴
年老时病魔缠身
她一生磨了三颗针
一颗用来缝补生活
一颗用来编织善缘
一颗用来警戒子女

在母亲墓旁种下的树都死了
它们的根系不愿掠扰这个卑苦的灵魂
四野寂阔
为月亮的清辉让出位置
时光落入地下
乌鸦唤出野草
母亲的日历融入山冈

（原载《汉诗》2017年第2期）

在北方的林地里

李少君

林子里有好多条错综复杂的小路
有的布满苔藓，有的通向大道
也有的会无缘无故地消逝在莽莽荒草丛中
更让人迷惑的，是有一些小路
原本以为非常熟悉，但待到熬过漫漫冬雪
第二年开春来临，却发现变更了路线
比如原来挨着河流，路边野花烂漫
现在却突然拐弯通向了幽暗的隐秘深谷

这样的迷惑还有很多，就像头顶的星星
闪烁了千万年，至今还迷惑着很多人

（原载《芳草》2017年第4期）

西山如隐

李少君

寒冬如期而至，风霜沾染衣裳
清冷的疏影勾勒山之肃静轮廓
万物无所事事，也无所期盼

我亦如此，每日里宅在家中
饮茶读诗，也没别的消遣
看三两小雀在窗外枯枝上跳跃

但我啊，从来就安于现状
也从不担心被世间忽略存在感

偶尔，我也暗藏一丁点小秘密
比如，若可选择，我愿意成为西山
这个北京冬天里最清静无为的隐修士
端坐一方，静候每一位前来探访的友人
让他们感到冒着风寒专程赶来是值得的

（原载《长江文艺》2017年第7期）

海口老街

李少君

芭蕉只是提供了一种线索
骑楼和海南话都在暗示
茉莉花香将我引到了一条幽暗的胡同里

我低着头只顾埋头冒雨前行
抬头却是一幢陌生的南洋式家族大院
我肯定没来过这里，我迷路了
却偶遇一位有过一面之缘的本地女孩
我脱口而出：你女伴呢？

三天前，我随刚结识的当地朋友去一个茶餐厅
座中皆中学同学，两个女孩正当对面
一个性情活泼，一直参与海阔天空的聊天
一个清爽干净，却始终安安静静一言不发
只是，离开的时候当地朋友告诉我

刚才我起身出去谈事的时候
那个一直安静的女孩笑我
说这个大陆仔怎么这么有意思啊

到底怎么个有意思？
很久以后我才知道
她是笑我说的那些不知天高地厚的大话

（原载《长江文艺》2017年第7期）

珞珈山的樱花

李少君

樱花是春天的一缕缕魂魄吗？
冬眠雪藏，春光略露些许
樱花则一瓣一瓣地应和开放
艳美而迷幻，音乐响起
万物在珞珈山上依次惊醒复活

珞珈山供着樱花如供养一位公主
此绿色宫殿里，唯伊最为美丽
娇宠而任性，霸占全部灿烂与光彩
迷茫往事如梦消逝，唯樱花之美
闪电一样照亮在初春的明丽的天幕

珞珈山上，每一次樱花的盛开
皆仿佛一个隆重的春之加冕礼
樱花绚丽而又脆弱，仿佛青春
年复一年地膜拜樱花即膜拜青春

春风主导的仪式里，伤害亦易遗忘

偶遇风或雨，樱花转瞬香消玉殒
然一片一片落樱，仍飞舞游荡如魂
仍萦绕于每一条小径每一记忆角落
珞珈山间曾经或深或浅的迷恋者
因此魂不守舍，因此不时幽暗招魂

（原载《长江文艺》2017 年第 7 期）

孤独的花园

李见心

当你说，你的孤独是一座花园
我的孤独像一朵轻微的野花
迎头被你击碎
就像彗星撞在了地球上

你的孤独含着重金属的味道
你眨着夕阳一样烧红的眼神
醉醺醺地望着大地上——
你全部的俘虏

或许我的孤独没有你的老练
像青草托着的火苗
但它不次于你的完整
被你击碎后反而开出了更多的完整

你说花朵的季节在外面

芳香的季节在心里
女人的芳香弄弯了空气
只有绝望的手才能够到蝴蝶的标本

而我知道，想象的花园里
也会有真的蟾蜍
花可以消失在花园中
可孤独消灭不了完美的孤独
我是你花园中的花园，比绝望还小
自我嘹亮，自我疗伤
就像一个怀抱荆棘的女人
浑身开满不断的鲜花

（原载《诗林》2017年第4期）

篝火之夜

李见心

低处的黑夜是一堵密不透风的墙
只有火焰能劈开它，杀出一条血路
我们趁机从中逃生

于是我们围着伤口跳舞
成为一粒粒沸腾的血珠
成为一朵朵呼啸的玫瑰

谁跳得比火焰还高
谁的骨头比干柴还爆裂
谁就在尘世中爱得比灰烬还深

我爱你的沦陷，不能自拔
我爱你的绝症，不可救药
我爱你的挣扎，不灭的心

那一晚，月光惨淡，星空下垂
那一晚，我不爱天使爱上了魔鬼
就像我不爱你的美德而爱上了你的罪

（原载《诗林》2017 年第 4 期）

沉　默

李林芳

海风猛烈的时候，我沉默下来
海平面如一条薄薄的丝巾
海风将我吹开，吹进夜色
亲爱的，我正在将自己辽阔地铺开
如果你牵起我的手
掀开海水轻薄的一角
我就要掀起十万里狂澜

（原载《山东文学》2017 年第 5 期）

田　园

李林芳

为二分红薯地翻秧，打翻了早起的十万颗露水

给二厘韭菜地浇水，用尽了一汪清泉
我给一亩二分田园做了规划：一亩庄稼地
养命；二分菜地活人
篱笆边种牵牛，耳鬓旁戴夕颜
院门外植青竹
笋子里蓄刀片

从豆垄里直起腰身
多么突兀，我看见了大路上走来拄拐的老木
他的一条腿丢在城里的工地
他的十八岁儿子丢在城郊的岔路
他的女人神经错乱，在异乡走失
我不想看见他，我的心里钝疼
我的田园一瞬间
丧失了生机

（原载《山东文学》2017 年第 5 期）

我为你预备的春天

李林芳

院子里的蜡梅悄无声息地开了
迎春花便不安分，哆哆嗦嗦也开了
繁复，却单薄。发酵了一个冬天
大地的酒盅腾起茎茎花幽蓝的火苗
头顶的天空湛蓝，宁静，令人怦然心动
深情款款的时辰，细数玉兰花枝
即将到来的疯狂绽放，是的，一切
都在你的运筹帷幄之中

我游移的目光向上，掠过一棵棵树冠
王者的冠星光熠熠，而无以言喻的美
落在掉光叶子的树枝，海上来的风一遍遍
梳理着它们，光滑，笔直
梳理着我们，时间的火焰
炙烤着魔咒附身的爱

南方婉约，西部绚烂
花事一场比一场来得妖冶，迅疾
四面楚歌，我这个拖沓的人，也被一棵树澎湃的年轮催促
经年的沉疴，在它的枝头上
冒出一颗颗硕大的泪滴
亲爱的，这是我为你预备的春天
我是你的桃花，你是我避无可避的疼痛

（原载《山东文学》2017 年第 5 期）

坏洗澡水

李遥岑

我住过一间好房子
哪里都好
就洗澡水坏
猛地滚烫
突然又冰凉
我必须在氤氲中保持清醒
在暴雨般的水声中
分辨出水管的嘟囔

在它变坏的那秒

一边咒骂一边弹开

伸出指尖

试着

重新信任它的温柔与平静

再　依次献上

手臂、肩膀、乳房

和一整个的我自己

它温暖时

我想起了母亲

它无常时

我想起了你

（原载《汉诗》2017年第1期）

咕嘟咕嘟

李遥岑

没有哪种关系

能比此刻更单纯

人们只被一口锅划为两派

爱辣的人

和怕辣的人

永远是红汤先按捺不住

咕嘟咕嘟

新油滚着老油

百叶重逢了毛肚

黄喉又抱紧了猪红

脑花脊髓

众生浮沉翻涌
桌上忽然有人问
几年没看到老李了
他现在在哪呢？
所有人都安静了下来
火锅沸腾的声音越来越大
咕嘟咕嘟
白的　骇浪
红的　岩浆
几双筷子在锅中来回拨弄
刚扔进去的丸子
就再也捞不着了

读 信 人

李遥岑

收到一封远方来的信
一字一句读了三遍
完全忘了
炉灶上还有咕嘟咕嘟的汤
它们窃窃私语
密谋了一场轻盈的出走
锅在生气
气得冒烟
它紧紧抱住过那些
注定要失去的东西

脱　身

李遥岑

如今，厕所
是我最喜欢的地方
在这里，我终于合情合理地关上门
合情合理地
独自
一个人
不脱裤子
坐在马桶盖上
仿佛坐在马背上
要去远方。
旅途不长
十三分钟后
拧开这扇木门
又是一脸平静慈祥
我越来越善于伪装
就像刚才逼真的
冲水
洗手
哗啦　哗啦
哗啦　哗啦
大河流经乱坟岗
那么热闹
那么悲伤

（原载《汉诗》2017年第1期）

不如归去

李轻松

东风吹破了嗓音，也吹破了草尖上的露珠
你无视的部分，被占卜者占为己有
而你山中一夜，醉里桃花
星空入了怀，春水润了心
那一副临风的骨骼，被吹得茁壮
现实的挤压断了你的仕途，却是另一番恩情
夹缝中容不下你清越的行走。你的诗稿呢？
在一场灾难中化为灰烬，
还是被你亲手焚毁？或者就像我想象的那样，
为一段清泉之爱，你消失于天地之间，
你的诗便也融入宇宙万物之中了。

那一刻，你随船顺流而下，在那个春夜里，
你手里的诗稿像翩翩的蝴蝶，
纷纷投入春江之水。像起舞的亡灵，
与天地相融……没有悲哀、痛苦，只有欣慰与寂静
人间风月尚好，哪及你世外逍遥？

（原载《星星》2017 年第 7 期）

入冬了

李轻松

大地结了白霜，河流爬上了山岗

湖水没有了波纹相接
"我心胸狭窄，在一些白雪中勾兑色彩"

村庄里住着呼啸的童年
村外的路上长满了蒿草
"比我还高，飘浮在欲壑之上"

我爱她飘雪的，会绽放的手指
每一朵来不及厌世就凋零的花
"想象她的融化，仿佛血水横流"

只有时间永远在反抗自己
能覆盖我的总是低于我的尘埃
"我的身体，全是旧情人的补丁"

我在草尖上掐下清晨
却遗落在更深的冬夜里
"我久别的人生，仿佛再次相逢"

（原载《中国诗人》2017年第1期）

吹　　动

李轻松

李白照着月亮的我境
这月的霜华，吹动那人格之美！
东坡照着月亮的物境
这月的冷峻，吹动那超然之美！
若虚照着月亮的虚境

这月之无穷，吹动那哲学之美！

月啊，让风吹动你的宇宙，我的洪荒
让那须臾而生的事物转瞬消亡。
月啊，让诗吹动你的嫦娥，我的广袖
是你让孤独丰富了心灵，
还是让心灵体味了孤独？
月啊，你流走了三生的春水，
却流不尽我半世的青春。

让花儿吹动那临风的少年
让白发吹动那乌黑的镜台
让酒杯吹动那葡萄的灯盏
让碎心吹动那寂静的光芒
我们想要的永恒，各在心野——

月就是我，我就是月。
月照着我，我照着月。
我要飞啊，飞向那澄澈的天空，
那无边的宇宙。用春秋、用魏晋、用唐宋
用武陵前的一声轻唤
来了？是了，我抱拳施礼，来也——
江水屏住呼吸，仿佛所有的气息与神韵，
都凝聚成清丽的骨骼与魂魄！

（原载《诗刊》2017 年 6 月号上半月刊）

降　临

阳　光

黄昏降临，我总想起祖母的临终遗嘱
以及那个下午一只蝉抱着枫香树长鸣
云贵高原发出耀眼的悲伤
死亡有一种黄金的质地

现在，从天空下走过
鄂西之夜生漆般深邃而透明
我隐约听见星辰在天穹搅动清凉的洗浴之声
天空不是没有降临，而是人世何以承受

（原载《汉诗》2017 年第 2 期）

他们像从痛苦中拔出一枚钉子

阳　光

暴风雨来临前，天空有如一桶沉默的炸药，
草叶静立，所有的事物竖起警惕的耳朵。
当闪电劈头盖脸抽来，
我看见彼此的伤害竟是如许之深。
但瞬息又逝，群山漆黑如碳，
似乎有更大的焦虑要抽离。
这一刻我涌起的信念：
那些从伤口中站立起来的人，

一定比过去锋利，——他们像从痛苦中拔出一枚钉子。

秋 日 书

阳 光

大地有深渊，
有陷落，有陡起的敬意。

我们像旷野的一棵树，
落叶是从体内抓出的一把鸟。

不断删繁就简，
生命轻盈如同一片叶子。

旷野多辽阔，
夕光像往日泛起。

我们端坐于此，
感受彼此耀眼的荒凉。

如果说到飞翔，除了梦，
既望群山之巅那枚伟大落日。

万 物 生

吴小燕

在高高的山顶，在树林
阳光一片片落下来
风徐徐有梦
有天空无际的蔚蓝
三月的春天，我们听到的消息
都来自万物生长的声音
看吧，这些春日的小径
一边是风吹开了桃花
一边流水正带走落梅
它们就这么来回经过：河流，沼泽
荒芜的原野
这欲望缤纷的春色啊
我爱上的，是一树一树的鸟鸣
和南风吹动的香气

（原载《台港文学选刊》2017年第3期）

秘 密

吴小燕

不要靠近。桃花已刚刚开过
它们和她一样
有下落不明的前世
为把时间推向春天青色的背面

为河流两岸早起的鸟群
她依然扶住春天的翅膀
她要让一切成为一种暗示
一次无常的绽放
便是一个人在自己的影中
留下的光
那薄薄的被风吹散的花瓣
似乎一个转身
她和她流淌的半生
这忧郁里芬芳的音节
慢慢打开

（原载《台港文学选刊》2017年第3期）

从这里开始生长

吴小燕

听到春天的雨落下是幸运的
一阵又一阵喧哗
多么真实的高度啊

请不要躲闪
我们要到清晨的山坡上去
那里，山樱花早已开了
旧年三月的木荷还在原地

风从另一座山坡吹过来
仿佛一切从这里开始
我们看见更多的树和种子

用裸露的方式，彼此寻找伤口的土壤

从此，一座村庄长出自己的春天
万物随风，当太阳升起的时候
我们看得见天上的云彩
也听到了林间的鸟鸣

（原载《台港文学选刊》2017年第3期）

大 人 物

余修霞

老人们说完古，感叹：
"大柳将会出一个大人物"
我问："在哪里，到底是谁？"
"正中央凹处，是个女娃儿"
八岁的我，恰好住在大柳中心
我出生的时辰符合种种契机
当我站在能望见金顶的山尖
太阳和我统领着一切矮小
浆果在味觉里碎成真实的虚妄
山压着大柳，我压着山
汽车在大山的缝隙里爬行
行人像一粒粒滚动的山葡萄
恍然间，我觉得自己是个大人物

（原载《汉诗》2017年第1期）

布满沟壑的遗言

余修霞

温书，听见鸟群悲鸣
走出屋，鸟粪恰好落到头顶
外祖母说，将有亲人仙逝
她平静地晾晒自己准备的寿衣
红色贴身那套，可避开阴间酷刑
还有不同寓意的白色、黑色和花色
统一缝制成斜襟盘扣复古式样
"婆儿愿意当一个老故时的人？"我问
"最耐看的扮相，和祖师爷的一样"
外祖母边说边打开三尺三寸的牛牯毡
那是十多年前武当红松木做成的棺材尺寸
她是那么精心并热切地渴望奔赴死亡
竟然忘记安排她走后留给我的恐惧
该如何消除絮絮叨叨背后的眷恋？
她的寿衣在阳光下飘出陈旧的味道
我打个长喷嚏，眼泪哗哗地掉落
"我走后，你就成有学问的大闺女啦"
这话，根本算不上满意的安排
我拉住她布满沟壑与山川的手，试图阻止
她无意识地卷入那可怕的轮回之中
外祖母用另一只手，慈爱地扯了扯寿衣
上面有一些被等待压得太久，生出的折痕
直到她走后，我的头顶还有鸟粪的气味

（原载《汉诗》2017 年第 1 期）

走山路，有了初潮

余修霞

郧庙路那时还没名字
石子路沿鄂西北群山打转
一会儿上坡，一会儿下坡
从吴家咀到大柳中学
拐六个弯，翻一座很陡的大山
看到山垭子那边的电线杆时
我的小腹涌出了一条温热的河流
和同龄的燕子描述的感觉一样
不会错，它终于来了
比同龄人晚了一个季节
比我远离大山早了整整六年
剩下的路，我一口气跑完
跑得稍慢，害怕秘密会滴在山路上
跑得稍快，害怕那血红的溪流
比预料，更快地跑出身体
它流动得矜持，曾一度中断
我怀疑是生理构造出了小差错
背包里的书和远方，跳得忽快忽慢
叽叽喳喳地给十三岁的我出点子
我徘徊在乡政府旁边的小卖部
像做贼一样，买了一包洁白的秘密
拆开它们，试图堵住那条溪流
我越堵，它流得越远
从鄂西北流到四川盆地，流到江城
流过青春、落叶、街道和城中村

甚至在梦中，鲜红的颜色溢出郧庙路
把天空中来来往往的云朵都染红了
连同那些掌握不好速度的奔跑
时而中断，时而膨胀出大股大股鲜红
我怎么努力，也没看到山垭子拐角处
那根引领着青春和远方的电线杆

（原载《汉诗》2017 年第 1 期）

金山书院

沈 苇

"有时晚上不见一人，书院显得
尤其空荡，恨不得将它关了。
哦，荒凉的县城，荒凉的文学……"

于是，四个男人
一个布尔津人，一个吉木乃人
一个禾木人，一个乌鲁木齐人
坐下来喝酒，读诗
从《一张名叫乌鲁木齐的床》
读到《喀纳斯颂》

"有一天，骑赛车来了两位女士，
我在冲乎儿教书时的学生，
小时候调皮得很，一位曾被我罚站，
一位曾被我赶回家，她们不记仇
结伴来买《喀纳斯自然笔记》。
但热气腾腾的八十年代到哪里去了？"

"哈，今夜的难题还有一个：
教士啤酒下肚，啤酒瓶如何送回德国？
颂扬苦闷，还是试着赞美
这遭损毁的世界，才是一个问题！"

"凡造梦者，须去废墟上捡拾砖瓦。
凡将无形之梦，变成有形之梦的，
可称之为荒凉的事业。"

此刻窗外，额尔齐斯河静静流淌
所以今夜不太荒凉
如果我们还是感到了荒凉
就去邀请院子里的三棵树为听众
一棵漆树，一棵野山楂，一棵欧洲荚蒾

（原载《作家》2017年第1期）

当一天又要过去

沈　苇

太阳从天山升起
又从天山落下，像一颗心
回到混沌的体内

树叶转眼就黄了、落了
草坪铺了薄薄的初雪
冷风，往所有的缝隙里吹
不放过一个犄角旮旯

街上走着的
除了老年夫妇、年轻恋人
都是孤零零，独自走着
他们是往哪里去啊？

我只是静静看落日
静静看行人
在暗下来的光线里
我们已浑然一体

当一天又要过去
存在，已是一种远景
我转身向内，不再为它
添加徒劳的伤悲

（原载《诗刊》2017 年 1 月号下半月刊）

阴雨布拉格

宋晓杰

我们交换枕头
像交换日月和时空
一支烟变成灰的过程
是不是就像——人变成梦
一次虚拟的往生？

这个让人操心的世界，的确需要
有人值夜班，一刻不停地让

蝙蝠的心，免于倒悬之苦

我的雄狮沉睡着
阴云、凄风和薄雪，虚设了背景
地球这一边，我无言端坐
身披雨水和繁星
等你推门而入，湿淋淋的
搭救我，于水火……

（原载《花城》2017年2期）

7月9日的萤火虫儿

宋晓杰

我多想去大兴安岭
7月9日的大兴安岭
萤火虫儿集体婚礼的大兴安岭
而我却背道而驰的大兴安岭

6月底，我在长春开会
遇到作家胡冬林
他有许多狼和狐狸的故事
那天，我却惊心于小小的萤火虫儿——

7月9日，是普通的一天
却是它们唯一的一天
殉葬的一天，新生的一天
香水是毒，杀戮是爱的一天
它们拼命地交配

不谈明天、梦想而光芒万丈
从来不像人类那样，信誓旦旦地说：
"如果，有一天……"

（原载《文学港》2017年第7期）

住的酒店叫：桔子

宋晓杰

大雪已下了一夜，又两天
黄昏再次降临
街道上空无一人
更找不到一辆出租车

这时候，出现了
炉火、热汤，桔的光晕
苏醒的落日和夕阳
有人替我掸掉
驼色大衣上的积雪
以及，鞋面上的

我已尝到缓慢的滋味
咖啡……伴侣……
深度掩埋的部分，开了天窗
有时，神是个小角色
一个人，就是人类

大雪封锁了前方的消息
水晶的世界里——

万家灯火，团团围坐：
桔子和伤疤
都要一瓣一瓣地
剥

（原载《草堂》2017年第2期）

怅 然 书

张二棍

世间辽阔。可你我再也
无法相遇了。除非你
千里迢迢来找我。除非
你还有，来看我的愿望
除非飞翔的时候，你记起我

可你那么小，就受伤了。我喂过你小米和水
我摸过你的翅膀，撒下一撮白药
你飞走的那天，我还蒙在鼓里
我永远打听不到，一只啄木鸟的
地址。可我知道，每一只啄木鸟
都和我一样，患有偏头痛
为了遇见你，我一次次在林深处走
用长喙般的指头，叩击过所有树木
并把最响的那棵，认成悬壶的郎中

（原载《鸭绿江》2017年第6期）

太阳落山了

张二棍

无山可落时
就落水，落地平线
落棚户区，落垃圾堆
我还见过，它静静落在

火葬场的烟囱后面
落日真谦逊啊
它从不对你我的人间
挑三拣四

（原载《鸭绿江》2017年第6期）

暮　色

张二棍

远方。每一座山峰，又洇出了血
云朵比纱布更加崩溃。暮色正在埋人
和当年一样慌乱，我还是不能熟练听完
《安魂曲》。我还是那个捉笔
如捉刀的诗人，用歧义
混淆着短歌与长哭。一天天
在对暮色的恐惧中
我还是不能和自己一致。总是
一边望着星辰祈祷

一边望着落日哭泣

（原载《鸭绿江》2017年第6期）

黄土高原风成说

张二棍

那么说，我的故乡
是一场接一场的大风
刮来的。那么说
是铺天盖地的大风
带着一粒粒黄土
燕子衔泥般，堆砌成
山西，代县，段景村
那么说，在某一场无名的大风中
先人们，拖儿带女跋涉着
他们手拉着手，一脸汗渍，和泥土
像是大风创世的一部分
这么说，他们最后埋在土里
也等同于消逝在风中
这么说，我是风
留在这里的孩子
——我住在这人间的哪里
也不过是一场客居

（原载《鸭绿江》2017年第6期）

拒　　绝

张二棍

又看见蚰蜒扔下多余的两条腿，跑了
昨天，还在苹果里发现过虫子
隐士般洁白。在那暗无天日之所
蠕动都是多余的。它拒绝长出
一条腿，一只手，一个眼睛
某年，一个村妇
产下拒绝了五官的婴儿，羞愧万分
将孩子溺入水中
那孩子，当然也拒绝了哭
——村妇已耄耋，白内障多年
看谁的脸，都一团模糊。拒绝医治

（原载《诗选刊》2017 年第 1 期）

青鸾舞镜

张巧慧

我曾拓过一枚汉镜，浮雕与铭字
已残缺

——那只青鸾去了哪里？

愈来愈偏爱这些无用之物，聊以打发时光
打发平滑的镜面般的生活

——是谁的镜像？

镜中妇人面容模糊
但孤独
那么清晰

穿白衬衣的女孩在自拍
她尚未意识到
青春是一种资本
也未曾听过青鸾舞镜

（原载《人民文学》2017 年第 9 期）

寒山寺的三个片段

张巧慧

——而在寒山寺，那些触及灵魂的
微凉的美再一次面目全非

看到众人排队撞钟，十元三记，
钟下供着一尊菩萨；
看到门口泊着小舟；枫杨的叶子黄了，
落到空处；
看到塔前有痛哭的老妇人
不明原因的悔……而有人正试图驱逐她

久居人间，死去活来

你看到的——
撞钟的人是我，撞不醒的是我；
行舟的是我，落第的是我；
那个瘫倒在佛前痛哭的人，是我；
都是我。

五磊寺茶叙

张巧慧

山寺月色接近于空。
一个年轻僧人不日将剃度

在五磊寺访弘一法师抄经处
我一直想问他爱与慈悲的问题

想起某年除夕，大雪封山
信众们不约而同来清扫山道
殿门前的雪堆插满香烛
没有什么可以阻挡菩萨的归来

没有什么可以阻挡我越来越深的倾斜
茶叙、吃素面，看好看的僧人

天王殿前的两株古松，已死去一株
剩下的那株，有点孤独

家 春 秋

张巧慧

结巴少年，描述他的家
梅垟下，渡口那头的小村，
三楼空着，等他攒钱娶媳妇
乡下人家都这样
少年们在华侨厂里上班，管饭，管住
一星期回一趟家。次数已越来越少
交谈中，我完成一次撑渡
想出去的人渡出去，想归来的人渡进来
一条狗，每到周末都等在门口
你回不回来，它都在那里
（我也曾养过一条狗，病重了还等着我
忠实的生活和狗
到死也等着我）

飞云湖跟着我们的车跑
平静，开阔
像一位母亲，听儿子略带兴奋和羞涩的描述
车过赵山渡，我看到大坝
某种规则扼住溪的喉咙
平静戛然而止，剩下落差与泄洪
我没问少年姓什么，
一路上我遇到的成片油菜花
都像是他；他所描述的家，
如我失去多年的故土。

这些年，我像爱故乡一样爱着异乡。

玩 物 志

张巧慧

继菖蒲之后，一盆多肉成为新宠
细茸毛，颗粒状
又爱上太湖石，在石间种苔藓、种虎耳草
小空间，小精致
还能爱些什么呢？
小县城，九楼之上
铁打的营盘，案头
国事、天下事，公文
一摞一摞
养的睡莲长了虫子，又养两条鱼
一条有突围的勇气，跳出花盆风干在地
一条如我苟活至今。水越来越脏，
想到自身境遇，善念一动
还它自由如对自己高抬贵手
新闻里一个村子被毁，或一座寺院被占
另一个地方有了战争
河道里布满暗网，放生时天上有云，
形似刍狗。
还能爱些什么呢？
不如养花，不如玩物
不如放生去

补 丁 颂

张执浩

我有一条穿过的裤子
堆放在记忆的抽屉里
上面落满了各种形状的补丁
那也是我长兄穿过的裤子
属于我的圆形叠加在他的方形上
但仍然有漏洞，仍然有风
从那里吹到了这里
我有一根针还有一根线
我有一块布片，来自另外
一条裤子，一条无形的裤子
它的颜色可以随心所欲
母亲把顶针套在指头上时
我已经为她穿好了针线
我曾是她殷勤的小儿子
不像现在，只能愧疚地坐在远处
怅望着清明这块补丁
椭圆形的天空上贴着菱形的云
长方形的大地上有你见过的斑斓和褴褛
我把顶针取下来，与戒指放在一起
贫穷和幸福留下的箍痕
看上去多么相似

（原载《读诗》2017 年第 3 期）

听胎音的人

张执浩

一个男人清晨把耳朵贴在妻子
的肚皮上听胎音，他说
他听到了花开的声音
妻子问：那是什么样的声音？
男人答不上来，他去了户外
夜晚回到家里，妻子为他掸落
身上的雪花，他转身又抱紧
她的肚皮把耳朵贴了上去
他还是说他听见了花开的声音
妻子又问他那是什么声音
男人笑而不答，顺手拿起笔
在一张干净的白纸上笨拙地画着
这个从来没有画过画的男人
在妻子的注视下画出了
一幅让她热泪盈眶的画
很多年过去了，他们的女儿
腆着肚皮站在这幅画框下
另外一个男人侧耳倾听着
他知道那是花开的声音
但他不会说，她也不会问

（原载《雨花》2017 年第 7 期）

我们的父亲

张执浩

父亲年过八旬
越来越像个孩子
几天前，妻子陪我回去看望他
给他买了冬衣，药品
红包是以他孙女的名义送的
祝福是以他儿媳的名义
我坐在父亲的床头与他闲聊
他耳朵有点背了
眼眶里不时沁出泪花
他已经孤单地活了十四年
而比孤单更让他感觉无所适从的
是我们祝他长命百岁
一遍，又一遍
就像我们每次端起酒杯时
父亲都要无奈地端起面前的白开水
"少喝点"，从他喉咙里滚过的呜咽
要过很久才会被我听见

（原载《诗刊》2017年1月号下半月刊）

写诗是……

张执浩

写诗是干一件你从来没有干过的活

工具是现成的，你以前都见过
写诗是小儿初见棺木，他不知道
这么笨拙的木头有什么用
女孩子们在大榕树下荡秋千
女人们把毛线缠绕在两膝之间
写诗是你一个人爬上跷跷板
那一端坐着一个看不见的大家伙
写诗是囚犯放风的时间到了
天地一窟窿，烈日当头照
写诗是五岁那年我随我哥哥去抓乌龟
他用一根铁钩从泥洞里掏出了一团蛇
我至今还记得我的尖叫声
写诗是记忆里的尖叫和回忆时的心跳

（原载《读诗》2017 年第 3 期）

蹚水过河的人

张执浩

一生中我蹚过的河流并没有几条
但这样的场景时常浮现在脑海中
仿佛每次出门都必须那样——
弯腰，脱鞋，挽起裤腿
拎着鞋子踩着卵石朝对岸走
——一生中我都在过那一条河
有时候我站在河道中央左顾右盼
上游的浪花一朵朵开了
下游的漩涡不紧不慢地旋转着
有时候看见对岸来了一个人

他的姿势和我大同小异
他沉默着经过我的身边
河水的喧哗声越来越大了
而我喜欢先将鞋子扔上对岸

（原载《读诗》2017 年第 3 期）

我习惯了低着头

张洪波

我头颅普通总是低垂
不习惯昂首挺胸
更谈不上盛气凌人
小人物只能这样
尽可能缩小自己

低着头写诗
能看得清蚂蚁和土地
拉近了诗和现实
低着头想事情
精力集中而不分神
思考多了也看不出疲惫

我习惯了低着头走路
道路在面前延伸
大地在面前展开
独享一切低处美好

我最担心偶一抬头

遇到哪个恶棍
不知道怎样对付

我无罪但还是低着头
不关心其他
只在意自由

（原载《草堂》诗刊 2017 年第 3 期）

废 塔

张洪波

老化还在过程中
把自己搁置成寂寞之后
昔日尊严荡然无存

一只鹰盘旋于肩胛
巨大翼影遮住陈旧砖土
缓缓滑落一些渣子
它不是要坍塌
而是在一点点剥离伤痛

在这里站立多年
那些窗口被砌死不再透入阳光
把自己修行成忆旧岁月
一个缄默独身

它是否还要回到建筑材料
回到无意义无境界时代

重新开启一生

（原载《草堂》诗刊 2017 年第 3 期）

在亚布力看五花山

张洪波

亚布力次生林
各种树木
高举着独特秋天

命运中所有遭遇
包括苦难以及欢欣
都如叶子经霜
打透了心

五颜六色
梦一样变幻
太像我们今生

（原载《诗林》2017 年第 1 期）

独来独往

张洪波

每天从居所走进工作室
距离很近。只需一两分钟
这么近！

这么近难道就不是往来?

独来独往。在体制外
在自己日常生活中
从一个碉堡走进另一个碉堡
没有人进攻。我安全

没有谁能奈何
我在这里清洗思想
以及几十载风霜

一天天过去
也清理了朋友圈
谁好谁坏已经清楚

独来独往。个别人
可别被我撞上!

（原载《草堂》诗刊 2017 年第 3 期）

大地上的灯盏

张佑峰

那么大的一片河滩都是白花花的沙子和月光
那么大的河滩，都能听到林子里传来的树叶沙沙声响

护林房里的老人到河边取水时，会吹熄油灯、点燃一袋烟锅
护林老人取水回去，给他照路的，除了月光

有时还会是空中飞过的流萤、天上落下来的星星、地上的轻霜

（原载《诗探索·作品卷》2017 年第四辑）

通 灵 术

张佑峰

在寇庄，树有树神，花有花神
灶屋里有灶王爷
土地庙里有土地奶奶
麦场上的碌碡有新收的干儿子
原野上，夜晚有打墙的野鬼，清明有等纸钱的亲人
神龛里有细眉长眼的家神
小时候戏水，我还遭遇过一次水鬼

离开寇庄后，再在人世间行走，我竟然通灵了一样：
能用两只不一样的眼睛打量这个世界
有时还能用一双你们看不见的脚，去往你们不知道的远方

（原载《诗探索·作品卷》2017 年第四辑）

与 W 过汶河大桥小驻

张佑峰

夕照下，枯水期的汶水像条死蛇，发出一股难闻的腐朽气味
使我无数次把打开车门迈下的腿，又收了起来
隔着车窗，我曾无数次向你描述过记忆中的它：
河水清澈、沙子洁白，我的童年，曾经像它波心里的一尾游鱼

你总是面色平静地看着我笑
仿佛从童年起，就慈祥地照耀着我的那束月光

（原载《诗探索·作品卷》2017年第四辑）

39岁那年的母亲

陆辉艳

她的外婆死于39岁
她的母亲死于39岁
她母亲的妹妹死于39岁
仿佛一个古老的诅咒
这个秘密
她必须独自悲伤地守着
像守着时间的定时炸弹

"假如发生了，就是命"
后来她轻描淡写地
向我们描述
那一年内心的海啸
全被她退入一声叹息里

可我记得那些年
她常常走到山顶
走到岩石后面去了
有一次我跟在她身后
在外婆的坟头
她烧一堆一堆的纸钱

祈祷词只有一句：
"求求你，保佑我两个女儿"

（原载《诗探索·作品卷》2017年第三辑）

我们喝过的水

陆辉艳

那些年，我们在湾木腊的暑假生活
就是每天赶着牛
去山坡上，边放牧
边采收青麻
口渴了，就匍匐在
雨水坑里，满足地
喝上一大口

后来在上海，听诗人张二棍
说起他在地质队野外作业的经历
当他说到，牲口一样俯下身
喝牛蹄印里的水——

我的喉咙呛了一下
多么相似的经历
时光中朴素的事物让我们
低下头来，坦然，不悲伤
并且直到今天
仍心怀感激

（原载《诗探索·作品卷》2017年第三辑）

在南宁港空寂的码头

陆辉艳

很快，这里将弃置不用
玉米、豆粕和鲜鱼，装运它们的船只将绕路
抵达另一个码头。每天来此等候买鱼的人
去了新的集市。一个搬运工，来自隆安或蒲庙
脸上有沙砾的印迹。他忙着整理行李
脸盆，衣服，吃饭用的锅碗，统统塞进麻袋里
被褥已用麻绳捆好，放在门前的空地上
他最后一次走进屋子，出来时手里多了
一个口盅，一把牙刷
他把它们也塞进麻袋里
之后站着抽了一支烟，抓抓脑袋，想起了什么
朝晾衣绳上，取下那条红色裤衩——
刚才它还在风中，哗啦啦的，旗帜一样飘扬

我们来到此地
既非买鱼的人，亦非搬运工
我们远远地，站着拍照
试图定格这空寂的码头
儿子专心地挖掘沙子，用他的玩具铲
那个挑行李的男人从他身边经过
大声咳嗽着，再没有回头看一眼
这空寂的，最后的码头

（原载《诗探索·作品卷》2017年第三辑）

下　着

阿　民

乌云匆匆赶来
一头扎进这干裂的土地
下着，就这么下着

它冷漠地落入嘈杂的街市
人们甚至都没放下手中的忙碌

下着，就这么下着
生命仿佛要飞了起来
升起在云雨相交的天空
迎着它，再加入它

雨下着，就这么下着……

（原载《诗探索·作品卷》2017年第四辑）

雨

阿　民

没有商量
就偷偷细润地潜入
甚至都感觉不到你来过

湿漉漉的土地上

低洼处的水荡漾着
像灵动的眼神隐约地闪动

已渺然无存
却又充斥着这里
泥土可以闻到
树木被打湿的耳语

有的心被灌满了
有的人视线模糊了
有的人喉咙痒痒了
他轻轻地用身心在唱
带着细雨的声音

（原载《诗探索·作品卷》2017年第四辑）

发　愣

阿　民

没有理由
更不需要仪式
不闻风雨声
但听到了内心里遥远的轰鸣

想说些什么
枯坐在时间里　在风雨之外
最好的表达就是发愣

看着匆匆的雨线

迎着阴湿的风
什么也不做
更不闻嘈杂的人世声

（原载《诗探索·作品卷》2017年第四辑）

新雪落在旧雪上

阿 华

新雪落在旧雪上，附近的山泉
暂时停止了喧哗

几只寒鸦，在栾树上来回地跳着
有时，它们就是会飞的果实

雪，白色的雪
有时也会像火焰，灼伤我的眼睛

昨夜，有人从村子里带回
一个坏消息

一个好姑娘离开了，她再也看不到
这里的春天了

她曾经那么努力地活过

（原载《山东文学》2017年第5期）

天 降 日

阿 华

坐在一片莲叶上的，是密宗修行者

天降日，他早起，供灯
诵读般若经，愿智慧增长

他知道：相爱在山岗的
是两只少年的山羊

他知道：流水大步向前
一定是为了追上落花

有时候，他也会困惑地问：
什么是勇敢？

仁波切回答他：不回头看

······每一个尘埃中，都有爱的存在
所谓的沧桑，就是无泪有伤

（原载《山东文学》2017 年第 5 期）

玫瑰的木质片断

阿 华

你走后，世间所有的花朵
都已枯萎

但纵使你在，又有多少人记得你
羽状的复叶，倒卵形的花瓣

我只钟情你一个。爱情才是
我最后的命运

噢，不，不，一个颓废的
失败者，只会迷恋一己之悲

他不记得，你的枝杆多针刺
也不知道雨水打破光线，就能碎裂成星

毁灭我的，是任何事物的死亡

你走后，飞燕草被打湿了额头
叶子的忧伤，洒落了一地

（原载《山东文学》2017年第5期）

风雪：美仁草原

阿　信

好吧，在五月
泛出地表的鹅黄我们姑且称之为春意。
迎面遇见的冷雨亦可勉强命名为雨水。
但使藏獒和健马的颈项一次次弯折
并怯于前行的冰雪呢？

我深信这苍茫视域中斑驳僵硬的荒甸，
就是传说中的"凶手之部"——美仁大草原了。

是在五月。
是在
拉寺囊欠①中的佛爷都想把厚靴中的脚指头
伸到外面活动活动的五月啊！
我深信这割面砭骨的寒意后面，一定是准备着
一场浩大的夏日盛典——
赛钦花装饰无边的花毯，
斑鸠和雀鸟隐形，四周
散落它们的鸣叫之声。

我深信这苍茫视域中斑驳僵硬的荒甸，
就是传说中的"庇佑之所"——美仁大草原了！

（原载《诗刊》2017 年 9 月号上半月刊）

---

① 囊欠，指藏传佛教活佛的府邸。

桑 珠 寺

阿 信

桑珠寺供养的神，脸是黑的
这是长年被香火和油烟浸润、熏染的结果
崖畔的野杜鹃花瓣缀满露水。槛边
一株丁香树枝条探进雾气
水声溅响却看不见来路
我的司机当智，在昏暗灯前
认出表弟。那个穿袈裟的孩子
脸是黑的，鼻尖上面有一点白，但眼神清澈
他哥俩悄声说话，我在佛堂燃香、点灯
这里的神
脸是黑的，鼻尖上面有一点白。神的
肩头和袖间，落着几粒鸽子的粪便
入门看见，几只灰鸽，在廊下空地
跳来跳去。鸽子的眼神，清澈无邪
与那孩子的一般无二

（原载《鸭绿江》2017年第3期）

在 乡 村

陈 亮

有一天傍晚，我来到了村后的土岗
天很快就要黑了，怪物吐出阴凉
天使挤着星泪。这时候河水开始

缓缓流向过往，果园的香气压低了
穿过篱笆或铁丝网
我们的父亲或者母亲终于
从庄稼地里出来，身体散了架子
越发潦草、含混
他们扛着铁锨、镢头，来不及叹息
就牵着牛鼻或赶着羊头
晃荡在崭新的柏油路上
这时候的风彻底躺下了
月亮用眼角扫着几只
挤眉弄眼、猴精作怪的小兽
这时候我会看到村后的那条柏油路上
有人在烧纸、祭奠、拖着长长的哭腔
或迎来一队打着灵幡的浩荡队伍
仿佛从电影鬼片里飘出来幻影
每每让我蹲下，抱头哀恸不已
就是这条路，从修好到现在死过不少人
前年是一个拾荒的老人
一个建筑的汉子
去年是一个哑巴，两个孩子
今年，是一个买豆腐的小贩——
他们都是在这条路上被卡车撞飞了
场面很惨，至今只要我使劲吸气
还是能清晰地闻到那些顽固的血腥
在乡村，还有多少亡灵不肯离开
还在用什么使劲抓着尘世的泥土

（原载《山东文学》2017 年 1 月号上半月刊）

隐 身

陈 亮

忘记了是哪一年哪一个夏天哪一个傍晚
太阳埋进土里，小狗对着香案作揖
院子里呈现出一种草灰的颜色
我听见有人在小声喊我
可环顾四周也找不到什么
这时，猪窝上的倭瓜花一下子全开了
花很大，一只风流的蛾子深陷其中
不能自拔，翅膀急切而清晰地
拍打着花朵的内壁
院子里的香气骤然浓郁起来
榆木桌，槐木凳，粗瓷的海碗
红漆的筷子自己主动地在院子里摆好
早年当过货郎的祖父眯着眼睛听收音机
小脚的祖母从黑屋里端出一脸盆疙瘩汤
——和往常一样，我们开始晚饭了
我埋着头专注地喝着吸着
等我抬起头，突然发现祖父祖母不见了
但半空中他们的碗还在晃
筷子也在动，也能听见他们
呼噜地喝汤声，我有些急了
满头大汗地哭了，出悲声的一刻
他们又猛地出现，慈祥地望着我
让我瞬间疑惑着害羞起来
——多年后，当祖父祖母真正离世时
我并没感觉有多悲伤

我始终认为他们还会和那个傍晚一样
不过是隐身了，很快我们还会再见

（原载《凤凰》2017 年上半年刊）

捉　迷　藏

陈　亮

有一次跟小伙伴们在村头玩捉迷藏
我藏在了一个卖瓮人的瓮里
被他的马车拉出了好久
直到天黑了发现没人来找
才从瓮里钻出来。等我回到了村子
小伙伴们早已经散了
我失望地回到了家里
偌大的院子已经被月光灌满了
正从院墙的裂口处往外冒溢
除了阴影处婆娑的鬼魂
家里空无一人
我看见挂在墙上的农具已经朽坏
墙根长出了许多陌生的杂草
梨树的果子被麻雀
啄得剩下了孔洞
老鼠们正大胆地从粮仓里拖着粮食
我吓坏了，打开一扇扇的屋门
急切地喊着父亲和母亲
我的声音让屋子里虚弱的家什
东倒西歪——我想他们
肯定是出去找我了

一条沟一条沟地找，一个草垛

一个草垛地找，一口井一口井地找

一条小路一条小路地找

一个村庄一个村庄地找

咬牙切齿地找

我顺着他们沿途贴下的寻人启事

去找他们，却怎么也找不到

——我怀疑他们已经找到月亮上去了

他们在月亮上着急地看着我

屁股着火的样子，却再也下不来了

（原载《滇池》2017 年第 3 期）

温　暖

陈　亮

那些小路是温暖的，被暮色舔着

被庄稼的香气熏着

泛出微茫的白光

是人们走走停停走出来的那一种白

是柴草的骨灰洒在土上的那一种白

那面落满鸟屎的东山墙是温暖的

墙上有个铁环，牵出的马在这里

踢踏打转，晃动肥臌

用尾毛扑打着发红的蝇虫

它咳咳叫着，散发出亢奋

或少许劳役怨气

游街的豆腐梆子是温暖的

好久没见到他了，今天又突然出现

头顶金光闪闪，宛如菩萨

传说他患了癌症，相信这不是真的

父亲是温暖的

他几乎一直在菜园的井台

拔水浇灌，井水热气腾腾

让他瞬间就虚幻了

看不出他是六十岁？五十岁？还是二十岁

而母亲蹲在那里摘菜、捉虫

时间久了就飘回家去——

你也是温暖的，那一年我在家养伤

墙上的葫芦花开了

你一早去邻家借钱，轻易就借到了

你的脸沁出汗

不断说好人多好人多

一只羊是温暖的，天就要黑了

它还在吃草，肚子很大，准备要生育了

鼓胀的乳房拖拉出奶水

它的眼里，还有声音里

有一种让心肝发颤的东西

它嘴里永远嚼着什么，似要嚼出铁末来

（原载《凤凰》2017 年上年刊）

月 光 碎

邵纯生

醉酒归来，踩着松软的空气

街上路灯昏暗，过客不多

碎了一地的月光无人捡拾

凉意如水，流入我肥大的领口和袖口
这些上天娇宠的孩子，先是
掏我腋窝，继而抚弄胸毛
酒精泡软了我的膝盖骨
我不敢躲闪和逃离，否则
日渐加重的白霜就会淹没我的真身

谁能借给我一把扫帚
让我收起这满地的碎银
用来换一壶酒，和几张信手涂鸦的草纸

我不知道将要带走的是钱币还是垃圾？
这么做是不是有点犯贱和自私

在我借酒瞎想的时候，人们陆续入睡
窗灯和街灯一盏接一盏熄灭
只剩下天上为我点燃的月亮
还在冒着迷茫的烟火

原载《诗探索·作品卷》2017年第三辑

五只蝙蝠

邵纯生

夜色飘落，蝙蝠舒展翅膀
腋窝里藏匿的皱褶一下子打开
像站在远山巅峰的秃鹫
冷不防推出一个特写

始料不及，蝙蝠竟有如此大的体量
黄昏到来时候，一朵黑云
给清凉的春天带来恐慌
蝙蝠在暗中显示本色
初夜遮掩了它面目的狰狞
而夕阳下沉的余光
又使它毛发闪亮
盘旋起伏的柔姿近乎完美
遇到这样一只鸟是福是祸？
想起若干年前，在皇宫大院的甬道上
我看见五只同样的蝙蝠
把一个篆书汉字
围在中央，像贺寿，也像缅怀

（原载《山东文学》2017 年 4 月号下半月刊）

一只蝉把另一只囚禁

邵纯生

乍明还暗的树影里
一只蝉跟随我穿过超市，穿过僵尸舞广场
穿过精品屋女人魅惑的红唇
在行人和车辆稀少的老街角
蝉鸣突然囚禁了我，它极具穿透力的嗓音
犹如钉子楔进脚背

这个烈日和雨水混血的孩子
柳树枝头摇落的一块铁，一眨不眨的小眼睛
闪着金属的光

蝉壳漆黑发亮。发霉湿热的天气
无名者的命运薄如蝉翼，蝉鸣砸在脚背的疼痛
时隐时现

蝉声不绝，这把插进我皮肉的尖刀
像经受了飙升的流火打磨
永不卷刃。我忍受着汗水和泪珠，忍受着异样的眼神
夏天深陷伏中，我是一只摘除声带的蝉
用哑语
给活着的众生指点迷津

（原载《星星》诗刊 2017 年第 3 期）

喊得出名姓的人

邵纯生

小时候可以喊出名姓的老人大多都已离世
这些黄土加身的人
活着时候 喜欢扎堆，闲聊怪事
但从不戳彼此的疤痕

村头朝阳的土墙根下那盘石碾
做了他们的道场。收起伺弄的玉米或草药
腾出左手掐指号脉，右手开处方
他们相信，只要打通经络
落魄的人就能疗治多舛的命运

在家乡，这消逝了的人群

有时我分不清这一个，还是那一个

（原载《星星》诗刊 2017 年第 3 期）

九月九日忆山东兄弟

邰 筐

之于山东，游子的身份
都是一样的。为稻粱谋为理想谋
我最好的两个山东兄弟
一个去了遥远的澄迈
一个落户大上海的松江
而我在京城辗转，流浪
这不免让我想起了
那些历史上的大才子们
陆机、陆云和苏东坡……
想起了当年，被拒之郑国城门外的孔子
他那一脸的凄惶和沮丧

之于文人，孤独的命运
都是一样的。在古代
他们频频被贬，被流放
在今天，他们背着一口尘世的井离乡
夜夜听故乡的涛声
一直听到耳鸣眩晕
梦里一次次被月光掐醒，泪凝成霜
而在他们最新的诗句里
一次次地写到雷州半岛的清晨
和松江的黄昏

写到多尔峡谷的走向
和华亭老街的沧桑

我真想由衷地赞美一下澄迈
和松江，这真是两个好地方
不仅给诗人安下了一张书桌
还给了诗人一个灵魂的远方
兄弟们，你们现在
终于是有职称的人了
接下来还要做一个，称职的丈夫
慈爱的父亲和合格的南方市民

就在南方安家吧
天下炊烟，飘到哪里都温暖
有空我真想去看看你们
我会每人送一把
清水泥的紫砂壶
那壶里，装着一个省的孤独

己丑年九月九日
我忙于加班，无法登高
只好趁傍晚，爬到永乐小区住宅楼的顶上
向兄弟们所在的南方，望了又望

（原载《诗民刊》2017年第6期）

一个男人走着走着突然哭了起来

邰 筐

一个男人走着走着
就突然哭了起来
听不到抽泣声
他只是在无声地流泪
他看上去和我一样
也是个外省男人
他孤单的身影
像一张移动的地图
他落寞的眼神
如两个漂泊的邮箱
他为什么哭呢
是不是和我一样
老家也有个四岁的女儿
是不是也刚刚接完
亲人的一个电话
或许他只是为
越聚越重的暮色哭
为即将到来的漫长的黑夜哭
或许什么也不因为
他就是想大哭一场

这个陌生的中年男人
他动情的泪水
最后全都汇集到
我的身体里

泡软了我早已
麻木冷酷的心
我跟在他后面走
我拍拍他肩膀关切地
叫了声兄弟
他刚刚点着的烟卷
就很自然地
叼到了我的嘴里

（原载《诗民刊》2017 年第 6 期）

不安之诗

武强华

晚上散步，隐约看见
对面走过来一个人。我猜想
他背着吉他或大提琴
一定是个艺术家

路口的灯光下，终于看清楚
这个穿着破旧工装的男子
背着一捆废旧的纸板
匆匆过马路去了

整晚我都有点莫名的不安。好像
那个人窘迫的生活与我有关
好像，我对这个世界无知的幻想
无意间伤害了那个人

（原载《诗刊》2017 年第 2 月号下半月刊）

那 时 候

武强华

那时候，我一直不记得父亲的年龄
他是壮劳力，每年都要上山去背矿石
换来一家人的口粮和三个孩子的学费
那时候，我一直以为他是个贪吃的人
每次，说起山里的事情
他都咂吧着嘴
说野青羊的肉是这辈子吃过的最香的肉
却从不提及自己落下病根的两条腿
母亲三十九岁
很多年我都以为她不会再老
冬天，她随人们去山上拾发菜
那些细细的发丝一两能卖七十块钱
她给自己上了发条，整天
低头弓腰爬行在山坡上
那些天，她的眼睛肿得像桃子一样
那时候，我才发现
她其实已经四十九岁了

（原载《诗刊》2017年第2月号下半月刊）

掏 空

武强华

已经没有了

她还在酸奶瓶里掏
卵圆形的勺子刮着杯壁

这多么像一次手术
那种撕心裂肺的疼，又一次
从小腹深处传来
被掏空的身体发出空洞的响声
卵圆钳刮着子宫壁
越来越薄，越来越薄
几乎就要晕厥过去

她迅速扔掉勺子
整个下午，对自己的残忍
都有一种愤愤的恨意

（原载《诗刊》2017 第 2 月号下半月刊）

山 海 经

武强华

三月五日进山
风大，阳光明媚
累了，坐在向阳的山坳里读《山海经》

一批探险者进去了
我听见有人在谷底大声说：
瞧啊，山崖上的那个人

那声音

仿佛来自远古时代的一只海龟

（原载《诗刊》2017 第 2 月号下半月刊）

生 日 帖

青小衣

又系上一个扣子，身体似乎更严实了
夏天已去，风里的哨子
越来越长，影子越来越短

这初秋日，每年都在身体上
系一个扣。如今，几十个扣子的身体
已经密不透风，森严壁垒

早起，煮两个鸡蛋
做一碗长寿面，今天不减肥
只减脾气，和车速。像水一样笑出声

秋收在望。许下心愿
万物都要结出果实，我爱的人
平安健康，都有一个黄金的收成

（原载《汉诗》2017 年第 1 期）

我喜欢的春天

青小衣

不是春色撩人，翅羽高飞
掠过额头。不是风一阵比一阵暖
水一波比一波柔

睡在地里的人，不再贪恋花枝
不再怀抱谷粒回家
雨水向下，也有睡不醒的事物

满目苍翠的田野，泥土湿润芬芳
草木高过坟茔
盖住了人间最大的悲伤

（原载《中国诗歌》2017 年第 4 期）

我又一次回到村庄

青小衣

村庄里的人越来越少，一些人
转眼就走到了黄昏里
说着说着就没了。耕牛缓步而行
河水远流，流着流着也没了

羊群在草坡上低头啃着，偶尔抬起头
一只老羊嚼着一把青草

草汁从嘴角溢出。我想起年迈的父亲
坐在石榴树下吃绿豆糕

地上的事物，走着走着就走到了地下
地下的事物，走着走着就走到了地上
枯草丛里飞出的小鸟
在枝头鸣叫，风把庄稼吹睡又吹醒

一个人的时候，坐下来静听
才敢热泪盈眶。还有很多事情没想明白
秋色已经披挂在手臂上
我坐在屋檐下，看着天慢慢黑下来
月亮挂上树梢

（原载《中国诗歌》2017年第4期）

秋

青小衣

脱落的长发，从头上
缠绕到地上。蝉声一点点深入
潜伏，身体大面积沦陷
逃离的，背叛的
东西越来越多，没有新的可换

窗子必须关严些，一点儿缝隙
风就呜咽。阳台上，植物从叶尖处
烧，一场不动声色的火

秋水还在阳光下滚动，白
是今后的标识。槿篱风，清寒月
我择良辰，放虎归山

先清扫地面，等一场又一场的降落
从局部到全部，盖住人间

不提记性，一些轻微的
或用力的细节，说忘就忘了

（原载《中国诗歌》2017 年第 4 期）

寡妇王二婶

青小衣

男人走后，木门紧闭的庭院
音色斑驳。遮藏在枯叶下的荒径
通向院墙的缺口处
弧形的阴影里，落满了一地遗恨

她每天不停地打扫庭院
那些不安分的雀鸟，来到干净的院子
找不到预期的谷粒
又都飞走了

王二婶一个人躺在床上
村外的那条河孤单地躺在地上
河里溅起浪花，她像河底的一块石头
青苔敷面，以静制动

风吹到她的院子里就停了
墙头伸出的枝条，变成了鞭影
月亮半弯如刀，她夜夜守着这把刀
不伤别人，只伤自己。

（原载《诗林》2017 年第 1 期）

良　　帖

青蓝格格

整个秋天，我每天都在
重复做的事是：
把一些中药吃下去
仿佛我每天都走在一条偏僻的小路上
一会儿哭号
一会儿叫嚣

当我哭号时，总会走过来一个人
他轻抚我的胸脯，他让我
保持平静
他让我必须等到一份爱情成熟的时候
再决定放弃……

他让我一定要学会残忍
他让我，张开嘴唇……
吃下那些在他眼睛里近乎完美的中药

我在我吃的中药面前

是一副空壳
我得了一种虚无的病
我把一只鸟儿体内的空当成自己体内的空……

我哪里还有什么爱！
虽然心没有变，但死亡是
它的真名

（原载《人民文学》2017 年第 1 期）

岁末，写给我的爱人

青蓝格格

这一年，我的乳房又干瘪了一些
这一年，我又徒增了许多从天而降的坏脾气
这一年，你不断从遥远的果园
为我摘回鲜美的果子
这一年，微风吹过我们的床榻
……而我还给它们的依然是我假惺惺的孤独

我真的不应该再孤独下去
每一次在你的怀抱中醒来
我所领受的，平行于我心脏的爱情总是那么真切
或者说，没有什么能将我们分开

距离算什么
我慢下来的肢体算什么
嘀嘀嗒嗒的时间算什么
一间永远不会建成的洞房又算什么

这一年，我有过一劫
有一次，徜徉于草木的清辉之间
我险些倒下去……

我把草木当成了你
我把交相辉映的光影当成了你
这一年，我无法证明自己的存在，也无法证明
你的不存在……

这一年，我偶尔笑一笑，偶尔哭一哭
偶尔剪断几根白发
偶尔忘记一些屈辱

这一年，我被你养育得死去活来
这一年，我终于学会了像你一样
垂头，但不丧气……
而这些，都无法取代每次想你时我胸脯上翻涌的
波浪……

唯有它们，才能深深地陷入你的滩涂
成为淹没我
灵魂的秘密

（原载《人民文学》2017 年第 1 期）

有时差的梦

若　颜

有时差意味着
时差那头有你，远方的你

清早醒来，你那里正好黑夜
时差把我推到了你的梦里

你在时光那头敲打着的词语
你的照片和名字

被我重复，渐渐有了
你的味道和温度

有时候我自言自语，好像
你就坐在面前，我能听见你的心跳

我梦见过一栋茅屋
一个老妪站在屋前齐腰深的茅草中

我希望她是我。而你是一介草莽
正扛着我割倒的稻谷一遍遍回家

（原载《草堂》2017 年第 8 期）

黑暗中的交谈

若 颜

黑暗从舌尖升起：微苦的秋天
从时间的顶部收缩至冰块
人群散开的部分留给幽灵居住
话题鱼贯而入。夹竹桃的黄昏

音乐的锦缎。颗粒饱满
的猫咪和文艺女青年。从一条街穿越
黑色的睡眠。茕茕孑立的事物
向晚的感伤迫使黑暗空出一个茶杯

九月。一个人和一群人的四周
风填满时间。寂寞溢出的部分
车灯在肠胃中泛滥。从巴洛克到
魔幻，从本质到表面，从手到手

小型约会从一杯水变成更多的水
声带有一把钥匙，却无法打开一扇门
道路与身体，灯火与住址，鸟与天空
犹如上帝写给人间的信被风吹散

夜晚八点。声音的河流被街灯拓宽
烛火与茶具落满目光：神祇清晰可见
场景置换。遗忘的雪花铺满电子屏幕
一座咖啡馆在黑暗中闪烁我们的交谈

（原载《汉诗》2017 年第 1 期）

半　夏

林　珊

湖面还有涟漪，雷声又带来了大雨
天色渐晚，栽花的人投影于一面镜子
而一棵枣树站在雨水里
已成为多年来，你缄口不提的名字
我早已忘记，这是立夏以来的第几场雨
那些清浅的小欢喜，总是来得悄无声息
恰如四月里，我途经一排蜂巢时
内心所获得的安宁：
"我听见暮色在花丛里唱歌，蝴蝶的翅膀还很轻盈"
——这是我们的第一个夏天
我们深爱的尘世，草木葱茏
绣线菊开得毫无倦意

（原载《诗刊》2017 年 4 月号下半月刊）

她

林　珊

我决定去看望她
途经的路上，翻过几片寂静的松林
穿过一条汩汩的小河
就到了她的家

她在灶台前忙碌

没叫我留下，也没让我离开
她没有问起她爱过的任何人
没问起我的母亲、兄弟，或是姐妹
她只说后山的板栗就要熟了
新栽的葡萄又抽出了嫩芽

起风了，我站在翻滚的暮色里
抬头看到空空的房梁
忽然泪如雨下

（原载《诗刊》2017 年 4 月号下半月刊）

母　亲

林　珊

杨梅还没有熟，母亲就提着竹篮爬上树
"等天晴，把杨梅晒干给你泡水喝"
我站在树下，看到空中白云流动
蒲儿根在微风中，铺满了斜坡
三十多年了，她的身体日渐笨重
三十多年了，我无数次从梦中被拧醒
不停梦见我的花裙子被大风吹乱
灶台前燃起了火苗，水缸里没有水
一只老黄狗趴在葡萄架下，不安地望着我
天黑了，母亲从菜园里赶回来
匆匆推开那扇紧闭的院门

（原载《诗刊》2017 年 4 月号下半月刊）

告　别

林　珊

原谅我。隔了几个寒凉长夜
那一声告别，我还是无法开口说出
你们也是。此刻，黄昏隐现
澄静的湖泊被秋风一层层吹皱
灯火下，摊开的旧纸堆里
我只能缓慢地，写下一曲骊歌
写下掉光了叶片的柿子树满身孤寂
露水伶仃，稻草人站在旷野里独自叹息
辽阔的暮色带来了钟声，佛号
即将熄灭的火苗
还有你们转身离开时，灰黑色的影子
可是。对抗痛楚的法门，我一直未能找到
原谅我。我还是不能和你们拥抱在一起
在黑夜的尽头，哭出声来

（原载《诗探索·作品卷》2017年第二辑）

问　询

林　珊

你在寒风里向我问询，最近过得好不好
我扭过头，看到院子里的玉兰树又抽出了花苞
一朵，两朵，三朵……羸弱，散发着细微的光芒

一时语塞，竟不知该如何回答你

这些年来，那些时光，已分不出深浅和好坏
这些年来，在尘世间沦陷，围困
痛楚缠身。我已不再是我

（原载《诗探索·作品卷》2017 年第二辑）

在早春的清晨　听一只大提琴曲

林　莽

老友发来一曲名为《往事》的微信
大提琴的诉说让我想到了
往昔众友们日渐苍老的面容

春日的绿风拂动林梢
鸟雀齐鸣　而大提琴低诉
世事悠然　远山　群青色的背阴处
山桃花闪动早春的明媚

想到我们曾经沦落的水乡
青春伴着欢乐
也伴着无以诉说的苦闷与创伤
那时　我们只是愤然抗拒
还无意责问：这世界到底怎么了

今晨　在早间新闻里
那个因阿富汗战乱而亡命爱琴海的阿萨德
一个多么优秀的青年

英俊　健壮的体魄　流畅的英语
他远离家乡和新婚的妻子
从去年到现在　一个普通难民的旅程
从一个边界到另一个边界
从一所难民营到另一所难民营
吃尽了饥寒与离别之苦

这个世界到底怎么了　为什么
每一代人都有不忍回首的罹难

春风无知　吹绿了四野
一位大提琴手　让泪往心里流

（原载《人民文学》2017 年第 3 期）

元月四日看一部新片有感

林　莽

那个年代已经远了
那些青春的苦涩
贫困　质朴
但心灵并不潦倒的生活还会有吗

是什么渐渐湮没了最初的信念
岁月让曾经的热血凝结
那支熟悉的乐曲再一次哀伤地响起
多么不合时宜
却让一颗心淌下了滂沱的泪雨

寂静像黑白的默片

闪过你　我　她　你们　我们和她们

闪过早春灰色的街巷　白塔和垂柳

土红色的宫墙和城楼上翻飞的鸽群

你听　那刮过楼群的风吹散了新世纪的雾霾

屋檐边露出了一抹以往的蔚蓝

那在闹市区的彳亍者已不再是我

"不再是如血的残阳／不再是动乱的人流"*

影片上的人物既熟悉又陌生

他们让我眼含泪水　垂首悼念

那个留下了我们青春记忆的特殊的年头

（原载《人民文学》2017年第3期）

地铁车厢对面的女孩

林　莽

地铁车厢对面的女孩

一下子吸引住了我的目光

穿着简朴　灰卡色的短款绸衫

深蓝色裙裤露出白皙的脚踝

没有佩戴任何饰物

安然　平静　淡妆无痕

我不经意间看到她

恬静地坐在车厢的对面

---

* 此句引自1985年我的诗歌《秋天在一天天迫近尾声》。

透过仿旧的黑边圆框眼镜
在浏览手中的苹果 ipad
微垂的眼睑是另外两条圆弧的曲线

在下车后的路上
身边的夜行车　灯光刺目地闪过

骤然间　一股温热的忧伤升起
寂静的星空模糊了我的泪眼
呃　我突然想到
她脸颊上的某些地方
多像我年轻时的母亲

（原载《青岛文学》2017 年第 10 期）

半潭秋月

林　莽

潍河在枕畔无声地流
栗园的枯叶
在风中诉说又一个暖秋
九百年前的秋月
穿越梦境
照见了历代登临过超然台的书生
他们以诗登高　以心望月
看半潭秋水
将心中的遗憾渐渐澄清

半潭秋月

从苏轼醉意中浸出的光晕
摇曳着后来者梦幻般的身影
在清明上河图里
在马耳山和小峨眉的山麓
在密州栗园
诗人们夜半的谈笑中
我们也尝试着以诗登高　以心望月

古琴悠然　幻化出
智者们心中隐秘的风

注："半潭秋月"为苏轼在密州用过的洗砚池题铭。

　　《清明上河图》作者张择端生于密州。

（原载《青岛文学》2017 年第 10 期）

挥手的道别也许是一生的憾事

林　莽

挥手的道别也许是一生的憾事
那年　在五月的阳光下
看你远去的身影
春花已经落尽
鲜嫩的叶子映着闪动的日光
青春的懵懂让遗憾到今日才知道
那挥手的道别已是一生的憾事

一辆绿皮的火车　喷着气
开出了只有几间简陋房舍的小站

春天盛大　掩住了未来的时空

是一部影片中的台词
让我突然回到了过去
青春还不懂得什么是珍惜
那么多好时光消磨在不知可否的时日

青涩被岁月的酸楚浸透后
犹如一只经年的陶罐　釉色沉郁
圆号般的伤痛在暮色里苍茫地响起

（原载《人民文学》2017年第3期）

山　冈

林　莉

从祖父、祖母、大姑小姑们居住的
山冈上走过
父亲用手指了指对面的不单山
"日后，在那里
只要你们一回来，我都能看见"

这是春天的山冈
刚下过一场雨
我们低声说着将要到来的那一天
我们的声音滴着水

怎么这么快
我们就到了

要平静谈起身后事的年纪

放眼过去
漫山杜鹃湿漉漉地开着
它们，也像一群心里有灯的人
不用努力
亦是善良的
亦有一个好去处

怎么能这么快呢
新土刚刚挖开
我们的脚边
杜鹃花重叠着杜鹃花

（原载《读诗》2017 年第 1 期）

假如谈到春天

林 莉

有人叫我亲爱的
并要求我也说点好听的
还有人教我纸上涂鸦
画上春天的模样
给失败的生活弄出点动静

可我只想
在一棵白花泡桐树下打盹儿
此刻，田野寂静
花斑鸠也飞走了

只有那些种豆播谷的人
低头弯腰
沉默着，被春风拉成满弓
然后把自己射向春天深处

这样也不错
豆归豆、谷归谷
谁也不会在春天的如意算盘上
动了觊觎之心

（原载《诗潮》2017年第6期）

最后一夜

林　莉

我在清理旧物
紫色行李箱，棕色羊绒毛衣、海黄项链
对了，还有小叶紫檀手串，两本书
除此，还有什么呢
我努力回想着，翻找着
牛津布的味道、羊绒的味道，木头的味道
书页上几个脚印
都是模糊的、冰凉的
当我的视线落到一行发黄的字
天哪，那里还存有一个陌生而炽热的称呼
这让我吃惊，继而害羞和不安
时间，总是把事情干得那么漂亮
滑稽，不留破绽
仅仅过了今晚，新年又要来临了

深邃的夜空中，除了一颗孤星
并没有分享给我别的有趣的事物

（原载《诗潮》2017 年第 6 期）

雨　夜

林　莉

我在读一封旧信
雨急急地下到了窗台上
黑暗中，一树橙花
正沿着枝条
身披雨滴簌簌开着
这个时候
字和字之间沙哑的嗓音
并没有惊动谁
我甚至忘记了
写这封信的人已经消失了
淅淅沥沥的雨
泛黄的纸页、橙花
这些带着善意的事物
这些在尘世举目无亲的人
蜷缩着
温良地低着头
像是人世间
一件湿漉漉的礼物

（原载《诗潮》2017 年第 6 期）

惊　蛰

林　莉

湖水清澈
不远处，桃花开了
时间落到这里，时间变得粉红
岸边垂钓的人抛下诱饵
过不了多久
就有鱼儿咬钩
人世静好，连钓竿上
鱼儿的扑腾也是多余的
就在刚才
我和母亲还在为某个问题争执
我们试图用嘴巴里的针挑出
那些根植在我们身体里的刺
其实，我们都不知道我们就是
不知不觉就咬钩的鱼儿
这让我悲伤
在湖边走着，我想起
连日来频频来到梦中的人事
它们在很多个漆黑的夜里重返
哭泣着
像另一根钓竿上
徒劳挣扎的鱼
时间落到这里，时间在扑腾

（原载《中国诗歌》2017 年第 2 期）

星

胡　弦

旅馆小院的墙角里，放着一堆陶罐，
一道道裂纹，正穿过愚钝者缓慢的余生……

果树在野外摇晃，每颗果子里
都住着一颗星；每颗星里，都住着失踪已久的人。
挂在墙上的壁钟有时会
咔嚓一响，吃掉它等待已久的东西。

鸟雀飞，山顶发蓝，空气中
有时会充满模糊的絮语，可一阵北风，
就能把所有嘴唇合拢。

破旧的陶罐，也许能认出某些人的原身。
但没有一种语言，能描述星星
一颗一颗，从天空中退去的那种宁静，那种
你刚刚醒来，不知怎样开口说话的宁静。

（原载《诗选刊》2017 年第 1 期）

与养猫的人为邻

胡　弦

与养猫的人为邻，
你知道了什么是黑暗的信使。

据说，猫是人类唯一没有驯服过的动物，
连同它身后的那段黑暗。
据说，探讨猫的未来是不可靠的，因为
你一思考，猫就会消失，世界
就会俯身瓦垄、箩筐，或某个古老的脚踝边。
当你伸出手，一切无声，你被迫抚摸
虚无中，一种几乎无脊椎的怪物。
你意识到梅花里暗藏的利爪。叫春的声音中，
你瞥见邻居阴鸷的脸。甚至
人心之恶，胜过了无数被弄乱的条纹。
而瘦削、细语、像猫一样洗脸者，想把猫
继续养大，养成一只老虎的人，
你得继续与之为邻。
你知道窗台上曾蹲伏过什么。当它离去，
你甚至理解了那份空缺：在某些时刻你也要
借助放大的瞳孔观察，辨认那
只能在黑暗中辨认的东西。

（原载《长江文艺》2017年第8期）

时　光

胡　弦

室内有两只钟，
一只壁钟，一只座钟。
壁钟总是慢吞吞的，跟不上点；
座钟却是个急性子，跑得快。
在它们之间，时间
正在慢慢裂开——

先是一道缝隙，像隐秘的痛苦；
接着，越裂越大，窗帘，求救般飘拂；
然后，整个房间
像个失踪已久的世界……
"几点了？"有人在发问，声音
仿佛传自高高山顶。

所以，每次拨正钟表，
我都有些茫然，像个重新回到
生活中的人。
——最准确的一刻已掩去了
许多需要被看清的东西。

（原载《鸭绿江》2017年第1期）

散漫的雪

柳 沄

散漫的雪
散漫得
格外像一场雪

整整一个下午
它们乱纷纷地飞舞着
并在飞舞的过程中
不断地拆散
自己的翎羽

大地一片洁白
当天黑下来的时候
它们紧跟着
也黑了下来

雪无声地控制了
这座喧闹的城市
雪使那些，一点
都不像牲畜的汽车
不断地从尾部喷出
跟牲畜一样难闻的气味

我待在家里
想着和做着
与这场雪无关的事情
屋外，那咯吱咯吱的踩雪声
有时会将我
带出去很远

更远的地方
一个跟我差不多的男人
于一座空寂的站台上弯颈点烟
火苗闪了那么几下
他的面孔
就熄灭了

（原载《诗潮》2017 年第 6 期）

醒来的野马河

柳沄

冬眠的野马河
于渐渐暖和起来的三月里
渐渐地醒来了

在这首诗里
醒来和融化是一个意思
而河一旦融化
才真正像条河

此前一直不清楚
这条北方以北的河
为何叫作野马河
现在终于知道
——奔腾的河水，跟
奔腾的野马一样快

当我这么想着
那块翻滚着的浮冰
已蹿出去很远
其惊慌的样子，好像
有一大群奔腾的野马
正撵在后面

哦，醒来的野马河
名副其实的野马河

从我不知道的某处奔腾而来
经过我，又朝着
我不知道的某处奔腾而去

并且，在狂躁的奔腾中
又那么小心地限制着
自己的宽度……

（原载《读诗》2017年第1期）

山　顶

柳　沄

通往山顶的小路
越来越陡峭
陡峭始终是多余的
但攀爬不是

整整一个下午
山顶默默地俯瞰着
俯瞰使我的攀爬
反复成为蠕动

其间，好几块
被我蹬落的石头好几次提醒我
——爬得越高
就有跌得越惨的危险

我早已分不清

林涛声与喘息声哪个更粗重
却知道每一位抵达者
都像迟到的人

但这时的山顶
格外是山顶
我是说，它使眼界不一样的人
有了一样的远方和眺望

使眺望中的我突然意识到
——所谓远方，无非是
一些东西变小了
一些东西不见了

（选自《扬子江》2017 年第 3 期）

所以我爱你

泉 子

这是一个佘祥林的国度，但是我爱你；
这是一个魏则西的国度，但是我爱你；
这是一个雷阳的国度，但是我爱你；
这依然是老庄、孔孟的国度，
所以我爱你；
这依然是屈原、李、杜与东坡居士的国度，
所以我爱你，
这依然是周敦颐、朱熹、王阳明的国度，
所以我爱你，
这依然是我的父亲——退休乡村教师胡星贵，

与我的母亲，淳朴而善良的农村妇女项彩凤，
是依然盛放着他们全部的悲与喜的国度，
所以我爱你！

（原载《读诗》2017年第1期）

本　来

泉　子

一只在水泥地面上剧烈扭动着的蚯蚓，
在奋力抗拒与躲避雀鸟的尖喙。
而一声声欢快的啼鸣止息于
我突然在小径上的出现，
它快速地飞上了道路对面的树枝，
然后看着我，
看着我捡拾起那依然在惊慌中剧烈扭动着身子的蚯蚓，
并把它抛入了蔓草的深处。
我并非一个救世主，
我也未曾为这世界增添一丝的善，
或许，我也未曾止息过哪怕一种最微小的恶。
而小径已然在我的前行中，
获得了本来的弧度与弯曲。

（原载《读诗》2017年第1期）

受　苦

泉　子

你为在酷暑的烈日下，
一朵无法搬动自己的鲜花而受苦；
你为你置身的一个喧嚣的时代，
而又不得不永远去承受这寂静之渴而受苦；
你为你是那被缚的普罗米修斯，
同时又是必须日日用尖喙从普罗米修斯的胸间取出一颗滴血的心脏，
以汲取那幽暗而勇猛之力的雄鹰而受苦；
你为你是你，
而又从来不曾是你而受苦。

（原载《十月》2017 年第 2 期）

山水是最好的老师

泉　子

山水是最好的老师，
譬如此刻，这在仲秋时节依然如此饱满的孤山，
它足以让你放下对即将到来的生命之秋的恐惧，
放下这人世的悲凉
放下这从你心底，从万物至深处积聚，
并从你的两鬓，从你的前额与脸庞，
从无数的树梢与枝头涌现的严寒与荒芜。

（原载《十月》2017 年第 2 期）

黎　明

侯存丰

他也许永远不回来了，也许明天回来。
掩上书卷，鲁霞突然觉得无事可做，就走出宿舍，
来到教学楼下。已是假期，走廊空寂得紧。

不想停下，就一间教室一间教室地漫去，
看到有桌椅上散落便食袋，便轻轻念叨：这些孩子呀……

是啊，这些孩子呀！蜡烛燃上，
在逼仄的房间里，偷偷阅读肖洛霍夫。

不知什么时候，校园已苍白一片。下雪了。
鲁霞望着雪地上蹒跚的欢快的脚印，笑着挥了挥手。

（原载《诗林》2017 年第 2 期）

王寨中学

侯存丰

2003 年初夏，我在王寨中学度过最后一晚，
凉夜自萋，幽松成韵，漫步从三层洋楼开始。

雨气蚀浊发黄的瓷砖，仍旧闪耀着白光，
二层左边的一间教室，就在这里，英语老师
极力伸长脖子，咬出优雅的发音：plump wheat

肥胖的麦子！让我想想，忽略了什么：
深冬雨夜，几个年轻人，围坐一起，
正在为即将到来的节日抄写大字报，末了，
送一位女生回家。十六七啊，一路上
无声的紧张，在泥泞的乡村小道上弥散。

也是深冬的一天，我来到致远园，看见你
我的启蒙老师，正佝身窖藏大白菜⋯⋯
当我再次来到这里，都不复在了，唯有
操场中间的那面红旗，斑斑驳驳，似有所留。

（原载《诗探索·作品卷》2017年第四辑）

与　子

侯存丰

清晨我总喜欢在树林里走走，这是来普安
卜居生活的一个习惯，这你知道。

我享受着这温和的丘陵地貌，惬意斜坡
冒出的灌丛、芜木，你紧随其后。
有一刻，我产生幻觉，在那中学时代，
在湿漉漉的草地上，你凝视喷泉的

端庄秀美显现了：你五指分开的手掌
压在草皮上，一个娇小的指骨
不断在扭动；接着你转过身来，让我喝下
一小口金属腥味而清澈的茶——

一阵鸟呀声从树林的枝梢间婉约而至，
我们站停下。你踮脚合膝，坐在石头上；
我找来小木棍，挥舞出一股铁风——
我确信无疑我们会继续存在，并走下去。

（原载《诗探索·作品卷》2017 年第四辑）

诞　生

侯存丰

那是一个恬静的夏晨，1987，
澄澈的板棚，鲁霞在牛槽里放草料。

初阳高悬，碧蓝的光线跃过棚顶
辽阔的田野，荞麦穗闪烁着露珠

周围树丛中，鸟雀传出惺忪的叫声，
浓荫下，一幢窳陋、低矮的农舍——

女主人，鲁霞，一身亚麻布衬裙，
喘息着，靠在木辕上，抚摸微微隆起的腹部

从农舍蔓延至天边的车辙，渐渐模糊，泥迹也由青转黄。

（原载《诗林》2017 年第 2 期）

追　忆

侯存丰

十年前，我还是一家修车铺的小学员，
每日收工后，在阶前喂食白鸽。

那时我十九岁，拥有白皙的脖颈，
喜欢上一个在印刷厂做工的女孩。

美好的生活从此开始：一起撒米，
一起在顿河边钓鱼，一起睡觉
岁月悠然成为简单的缩影。

今天，当我翻开这些书本，
仍能从中感到，租赁小屋的清幽、峻峭。

（原载《诗林》2017 年第 2 期）

古　城　墙

娜夜

而我们活着
我们磕开酒瓶
关上心扉

生活就是秘密
两个囚徒

同一面墙

有人用你的身体在城墙坐下
有人用被你握过的手
抚好风中的乱发

有人越来越像你了
说话像
不说话更像
存在就是被感知
如此美满的哲学如此仁慈

21 世纪的万家灯火
是公元 266 年漫山遍野的萤火虫

没有诗人——通灵者
次一等的先知
只有历史灌进脖子的冷风

（原载《鸭绿江》2017 年第 1 期）

没有比书房更好的去处

娜 夜

没有比书房更好的去处

猫咪享受着午睡
我享受着阅读带来的停顿
和书房里渐渐老去的人生！

有时候我也会读一本自己的书
都留在了纸上……

一些光留在了它的阴影里
另一些在它照亮的事物里

纸和笔
陡峭的内心与黎明前的霜……回答的
勇气
——只有这些时刻才是有价值的！

我最好的诗篇都来自冬天的北方
最爱的人来自想象

（原载《鸭绿江》2017 年第 1 期）

向　西

娜　夜

唯有沙枣花认出我
唯有稻草人视我为蹦跳的麻雀花蝴蝶

高大的白杨树我又看见了笔直的风
哗哗的阳光它要和我谈谈诗人：

当我省略了无用和贫穷也就省略了光荣
雪在地上变成了水

天若有情天亦老！向西
唯有你被我称之为：生活

唯有你辽阔的贫瘠和荒凉真正拥有过我
身体的海市蜃楼唯有你！

当我离开
这世上多出一个孤儿

唯有骆驼刺和芨芨草获得了沙漠忠诚的福报
唯有大块大块低垂着向西的云朵

继续向西

（原载《鸭绿江》2017年第1期）

清　晨

起　子

她站在我的车旁
在我准备开车的时候
求我载她去上班
但她看起来已经老得
无法在任何地方上班了
她反复叫我
另一个人的姓名
在我多次解释无果之后
我确定她是一个
老年痴呆症患者

然后我看到她

手上提着的塑料袋

里面是一盒豆腐

和一把青菜

我突然意识到

她出门去买菜时

还是清醒的

（原载《读诗》2017 年第 3 期）

等太阳降下来

起 子

下午

我坐在讲台前监考

其实我并没有

看下面坐着的学生

而是一直在看

窗外的太阳

我等它慢慢降下来

降到和我平行

它就从窗户外照进来

照在我身上

给我涂上一层金黄色

这就到了收卷的时候

孩子们

我祝愿你们

前程似锦

但是

现在都给我停笔

（原载《读诗》2017 年第 3 期）

世界地球日

起 子

校园里去年栽的
凌霄花
和我家阳台上
种了多年的凌霄花
在同一天抽出新叶
叶子又以同样的速度
长大
我感慨
植物和人就是不一样
大自然有自己的秘密
但我马上又收回这句话
今天在我的朋友圈
甘肃诗人颜小鲁
发了几张
女儿参加成人礼的照片
他说"女儿长大了"
几分钟后
我认识的一个
在浙江做生意的小老板
也发了儿子的成年礼
这一天

他的儿子也同时长大了

（原载《读诗》2017 年第 3 期）

从森林里走出的孩子
——写给大江健三郎先生

莫　言

换一支新笔写你
智障音乐家的父亲
背着高大的儿子爬山的
瘦小的父亲
疲惫的父亲
生怕死在儿子前面的父亲

可以放弃但不放弃
也休去论证是否有意义
你的散文我当成小说
你的小说我当成传记
像你这样爱中国文学的日本人很少
你坦然自陈不怕讽刺
我进过你的书房，看过你那张小小的书桌
那其实是你们家的作坊
你写小说，儿子作曲，夫人画画

你到过我的故乡
进过我的老屋
站在窗户前，想象洪水似扬鬃烈马
在河道里冲撞

那时候高密最大的宾馆里
没有暖气没有热水
春节之夜，孤独一人
你在县城大街上漫步
硝烟滚滚，遍地鞭炮碎屑

面对着庞大的书桌
红酸枝木的沉重的书桌
胡桃木的光滑的书桌
金丝楠木的华丽的书桌
海南黄花梨的昂贵的书桌
书桌越大，眼界越窄
书桌越贵，文章越水
我经常想起你小小的书桌
怀念趴在炕沿上写作的日子

你是大森林里走出来的孩子
最知道木材的珍贵
你是树的知音鸟的知己
你看到了最危险的即将发生的事
你说山洪将要暴发
有人骂：你这骗子
你说森林将要起火
有人骂：你这傻子
我相信你说的都是真的
每棵树都知道你的苦心
每只鸟都明白你的提示
大多数人也终会觉悟
在遥远的将来人们会说：
那时候，有一个先知

预示了灾难
但人们都把他当成了疯子

（原载《人民文学》2017 年第 7 期）

最是那一低头的温柔
——想念勒·克莱齐奥先生

莫　言

勒·克莱齐奥已经是古稀老人
到高密东北乡来看我父亲
我家门楼低
他进门时必须弯腰低头
记者抓拍了这张照片
题名"最是那一低头的温柔"
那天真冷，什么莲花也得冻死
我父亲耳聋，听不到我们说话
只是一个劲儿问我们：吃了吗？
他送我父亲一条围巾
几天后父亲转送给我
我围着去开会
有人说老莫的围巾是名牌
我父亲满面笑容
这是最热烈的欢迎

老勒站在我家猪圈东侧
手扶着墙
满面忧伤
也许仅仅是惆怅

万里之外的贵客

可不能让他饿着

我们准备杀猪款待他

他脱下棕色皮衣

带着貂皮领子

他非要将皮衣送我

我也没有客气

我找了一件棉袄送他

民国初期的东西

但他穿不进去

一匹矫健的白马奔驰而来

蹄声清脆，铃声叮当

西边是幽暗的山影

东边是初升的太阳

老勒纵身上马

大吼一声

一头金发，漫天朝霞

马蹄腾空，彩云如画

去福建，他说

与那个梦见雪的女孩见面

（原载《人民文学》2017年第7期）

格拉斯大叔的瓷盘
——怀念君特·格拉斯先生

莫　言

我不愿想象你被俘虏的时光

我经常梦到你当石匠时的模样
你蹲在工场为死者雕凿墓碑
锤子凿子，叮叮当当
石片飞溅，目光荒凉
爷爷提醒过我：看狗拉屎也不看
打石头的

我想你那时也买不起墨镜
我少年时当过三个月铁匠学徒
而桥梁工地上的铁匠
是为石匠服务的
石匠每天上班时都喊
为人民服务
这段经历使我们距离拉近
仿佛一个村的邻居
当时我幻想着能尽快长出发达的肌肉
能挥舞着铁锤打铁
不受邻村那个瘌痢头欺负
为此我烧吃了一只刺猬
结果伤了肠胃

我把打铁的经历写进了小说
《透明的红萝卜》
我在《铁皮鼓》里发现了
凿石碑的你
好的小说里总是有
作家的童年
读者的童年

期望我的尖叫

能让碎玻璃复原
在一个黄昏我进入
一个动乱后的城市
我流着眼泪尖叫
所有的碎玻璃飞起
回到了原来的位置
像饥饿的蜜蜂归巢
不留半点痕迹
有一个调皮的少年
踩着玻璃碎屑不放
玻璃穿透了他的脚掌和鞋子
伤口很大但瞬间平复
没有一丝血迹
朱老师的眼镜片
从三十里外的车厢里
从路边的阴沟里
飞来与他的镜框团圆

我幻想着能在德国见到你
1979年在故宫门口遇到的是你吗
上衣右肘缝着一块红色的胶皮
上衣左肘缝着一块红色的胶皮
我在柏林的大街上喊叫：
格拉斯大叔，你好——
街上的行人都回头看我
一个虎背熊腰的警察
手按枪柄，仿佛随时准备射击
2013年你送我一个瓷盘
纯手工制造，每件都是唯一
瓷盘上绘有诗人

海因里希·冯·克莱斯特的头像
还有你的亲笔签名
我答应了来年去看你
并为你准备了一个花梨木的烟斗

读你的书，也是一种见面
一个铁匠学徒和一个
青年石匠的见面
天空蓝得炫目
铁皮鼓声阵阵
民间音乐频频

我侄子工作了三十年的钢铁厂
昨天关闭了
我说你可以去打铁
打马蹄铁
现在，养马的人都是富翁
你也可以去凿石
有钱人都想把自己的名字
刻在石头上
更有甚者
想把泰山
作为自己的印章

（原载《人民文学》2017 年第 7 期）

奈保尔的腰
——回忆 V. S. 奈保尔先生

莫　言

在威尼斯附近的小城里
有一个酿酒的家族
这家族有点儿阴盛阳衰
当家的都是女人
他们酿出的烈酒
像没剪鬃毛的野马

她们设立了诺尼诺国际文学奖
我是第三十届得主
第二十九届得主是
特朗斯特罗姆
他得了 2011 年诺贝尔文学奖
2012 我跟上
这当然是巧合

酿酒的女人很乐
颁奖典礼在她们的大酒坊
两排黄铜的蒸馏器闪闪发光
当主人宣布开奖时
阀门全部打开
蒸汽升腾，吱吱作响，扑鼻酒香
所有的人都醺醺欲醉
麻雀从梁头跌落餐桌
眼神像我村的老罗

上台领奖时我看到了奈保尔
腰上捆一条宽皮带
他坐着跟我握手
他太太说他的腰不好
男人腰不好确实是个问题
当然女人腰不好也是个问题
他先是诺尼诺奖的得主
后来是这个奖的评委
几十年一直来
他与这个酿酒家族感情很深

我喜欢他的《米格尔大街》
这样的小说我可以写
他的游记好而且多
这个比较难学
有人说他是恶魔
我觉得这话有点过
他的坏是被夸张了
他的好是被掩盖了
一个在举世瞩目的讲坛上感谢妓女的人
怎么可能是个坏人

我保留着与他的合影
他的面相不恶
前年他来过中国
腰的问题更为严重
算算他也是八十五岁的人
能来一趟不容易
V.S. 奈保尔

我看过你年轻时的照片
一个很帅的小伙儿
我看过你母国的钢鼓演奏
印象深刻
那是个力气活儿
老先生保重
因为诺尼诺
我觉得离你很近

（原载《人民文学》2017年第7期）

帕慕克的书房
——遥寄奥尔罕·帕慕克

莫　言

乘坐小得需要收腹的电梯
进入帕慕克的书房
在中国这家伙比我还红
《我的名字叫红》

我进过许多同行的书房
都不如他的有气场
大不大，书很多
地板咯吱响，书架很沧桑
靠窗一张小圆桌
桌前一把小椅子
是他喝下午茶的地方
只有走到宽广的阳台上
才算来到了帕慕克的书房

最美的是那黄昏时的太阳
视野中一片辉煌
左前方是海岛的黛影
右前方是造船厂的灯光
玫瑰色的教堂就在眼底
优美的圆顶，指天的玉柱
粉红色的鸥鸟盘旋飞翔
左侧是亚细亚
右侧是欧罗巴
下边是教堂
上边是天堂
海在前方
这里能听到伊斯坦布尔的心跳
这儿能感受到两块大陆的碰撞

帕慕克扬言要把那些
年龄在五六十岁之间
愚笨平庸小有成就江河日下
秃顶的本土男作家的书
从书房里扔出去
他从书架上拿下一本英文版《红高粱》
我摸摸头顶有些恐慌
他笑着说：你不是本土作家呀

但他还是将这本书
从阳台上撒了出去
四只海鸥接住
像抬着一块面包
落到教堂的圆顶上

难道还有比这更好的归宿吗

（原载《人民文学》2017年第7期）

蓑羽鹤

哨　兵

雪雾中蓑羽鹤躲在众鸟外边，支起长腿
洗翅膀

蓑羽鹤打开乐谱架，却拒绝加入
合唱团

驾船路过阳柴岛，我在洪湖遇见过她们
终身的一夫一妻，比我更懂爱

这个世界。古铜色的喙
藏有小地方人的嘴脸，属我的

属人类的，因羞涩
怯懦，面孔在黄昏中憋得发黑

（原载《文学港》2017年第7期）

旧　病

哨　兵

孤独

让人心灵手巧。天黑前那个老尼姑

坐在洪湖的反照里，倚靠庙墙边的垛口
补那件发白的僧衣。要是我能拜她

为师，一辈子守着清水堡
写诗，在语词间修行

就像怀着青年时代的残胃炎，尝试野莲
青蒿和自然主义。我也可以在世界

微小的光亮中
穿针引线

缝合那件旧裳，汉语的
旧病

（原载《花城》2017 年第 1 期）

樱花，樱花

哨　兵

一到春天，樱花就如公元 1938 年 10 月的
日军，强占珞珈山的每个角落

在这所百年学府的文学院办公楼前
在侵略者的司令部

一到春天，请谨记我的诗歌美学——

　　櫻花有多美，人就有多深的罪

（原载《花城》2017 第 1 期）

我忘记了

徐　晓

我忘记了一些重要的事情
像滴水穿石，不落痕迹
这是意料之中的，就像
现在是秋天，我忘记了
春天和夏天的阳光
曾怎样温柔或暴烈地覆盖我的额头
现在我二十四岁，我忘记了
那个十八岁的少女内心中
是否经历过潮汐般的涌动
我忘记了，我的童年，我的苦难
我曾有过的短暂的欢乐时光
一个背井离乡的孩子是什么时候
把城市叫作母亲
我什么都忘记了，我的身后
是一片苍茫的大地
空空的，大雪般的白
那些保留多年的伤痕和执念
如今也都不见了踪迹
除此之外，我还辜负了一些善意
一片片枯黄的叶子在我面前飘落
万物皆会自然平息下来——
这缓缓流淌着的日子

过不了多久我也会忘记

我欢快地哼起了歌儿

徐 晓

她们都熟了，像一粒粒
饱满的浆果，颤颤地摇晃在枝头
而我，还没有长大
刚刚从深草中露出蘑菇的头
我看见的天空蓝得没有杂质
六月就要到了
我也穿起了翠绿的连衣裙
裸着一双光洁的腿
微微鼓胀的乳房，被她们取笑

但心里藏着喜悦
去见一个人的路上
空气是甜的，让人发晕
他的样子，早已刻在我的眼睛里
我就要长大了，真好
路旁的枝叶沙沙地摇晃起身子
我欢快地哼起了歌儿
仿佛是一枚羞涩的果子
刚刚露出了它的鲜艳和清香

夏日记忆

徐　晓

这个时刻。一根绣花针绣出了一幅好山水
我的乡人，我的村庄，我的田野
甚至池塘里鸭子的叫声
都沾满了热气腾腾的气息

一起劳作着，父亲和锄头
一穗穗小麦，萦绕了四十里
杏花村的傍晚，走来母亲、我和小白羊

一把汗一双手，换来丰年
一缕风是一股清泉
一株草是一堵围墙

烈日扫过父亲的脊背，停在腰上
盯了又盯，紧了又紧
阳光、鸟叫、野花、土沟、一壶水
你流汗，我捉蝉

那个逍遥的夏日，让我愧疚
被风吹皱的记忆，隔着多年的阳光
有些暖有些苦涩
风吹几十里，那个夏日
太阳和我一样在草丛中停了下来

（原载《诗探索·作品卷》2017年第三辑）

幽 居 志

徐 晓

离群索居，闭门谢客——
我以篱笆作门，青藤为窗
管它黄鼠狼还是狐狸精
一律遥遥相望
闭门种花种草
春种蔷薇夏栽荷
秋赏野菊冬踏雪
一方小院，四季都有鸟鸣
风吹过来就让它吹
雨落下来就任凭它落
世间好山好水千千万
我有两耳，不闻那山外事
我有一心，只读这圣贤书
我还有那小野兔、长尾雀、小白羊
圆溜溜的滚了一地的紫葡萄

（原载《诗探索·作品卷》2017年第三辑）

秋风吹过黄河滩

高若虹

秋风吹过黄河滩　芦苇用白发击打河水
黄河踉跄着　苍凉的身子在摇晃
仿佛一位年迈的老人被风追赶　推搡

夕光下　杂乱地弥漫着凄美和忧伤

秋风在黄河滩肆无忌惮地奔跑
它经过一块粗砺黑色的石头时　停下来　转着圈
想把一块硌得它疼痛的石头搬走
结果　风无可奈何地走了　却给石头留下
更多　更浓重的沉寂　孤独和荒凉

一个刨土豆的女人　她粗糙的身子
也在空旷的黄河滩上起伏　晃动
黑豆般渺小　但不孤单　她周围有更多这样的事物
比如细腰细腿忙碌的蚂蚁　埋头打洞的甲壳虫
和一个　一无所有　只怀揣一颗被秋风吹破心脏还坚守的稻草人

沿黄公路上　几个赶集回来的农民
正在骑车逆风行走　他们也不侧身给风让路
腰弯得很低　身子左右摇摆　衣服被风掀起来
像帆　像翅　总之是逆境中生活的那一种姿势

秋风经过滩头村的枣林时　它把枯黄的叶子
一把又一把捋下来　又一把一把地漫天抛洒
纷纷扬扬飘落的叶子　都有了秋光的重量
落在捡枣的人的背上　头上
一下一下敲打着他们深深弯下去的老骨头
发出冈冈的声响

我看见一滴噙不住的霜露
从一朵野菊的叶子上滴落下来
那一瞬间　连黄土地也跟着颤动了一下

——那么凉

（原载《诗探索·作品卷》2017年第四辑）

深秋写意

高若虹

我侧身让过一股秋风
却没让过黄河滩的空旷

枣树正收紧针刺
一只蝴蝶　飞旧了斑斓的翅膀

芦苇缓慢地将绿色一点一点褪到根部
每褪一点　就苍老十分

只有倭瓜甩动长长的鞭子
喊着让一朵两朵瓜花快快开放

只有一只鹰像一只铁的犁铧
在蓝天盘旋着　苦苦寻觅那一弯月的镰

未砍倒的玉米地淹没了挎着篮子捡玉米的娘
但没淹没　娘独自散发出来的光芒

两只羊羔不知疲倦地头碰头嬉戏　玩耍
这让我看得羡慕　孤独　抑或要流下眼泪

在四下无人　空旷的黄河滩上

我被风吹得　吹得两手空空
直到日暮时分　头上涌上一层薄薄的秋霜

（原载《诗探索·作品卷》2017 年第四辑）

一棵小枣树

高若虹

中午时分　我在黄河滩的石坝上
看见了它　一棵枣树
它长在石坝的石头缝里　长得很瘦很小

风吹过它时　它晃动着
晃动得我担心它会拔出脚来
无意间　风撩起它小小的叶子
呀　它竟然结出几粒枣子

一棵小枣树　一棵长在石头缝里的小枣树
一脸知足　淡然
它不因小　瘦弱　和缺乏泥土的厚爱
就放弃开花结果　这让我肃然起敬和宽慰

它细细的根　紧紧抓着石头
有的袒露着　暴出用力的青筋
但它还是像在土地里的枣树一样站着

我把我的敬意　感动和爱
俯下来　用抚摸的手指送给它
我想说的是　在它面前　我要收起

人的骄傲　不平　虚荣和自信

多少年过去　我总是想起它
想起它小小的枣刺　小小的红
想起趴在它脚下嬉戏的小小的阳光和树荫

（原载《地火》2017 年第 3 期）

薛 家 岛

高建刚

过去，我们去薛家岛是乘轮渡
把车开进船舱，在阴暗的
油污气息中，等待沉重地启锚
伴着巨大金属的摩擦声
我们一边抱怨它的慢
一边到甲板上打发时光：
巨轮、渔船、鸥鸟各自忙碌
越来越近的发电厂烟囱吞云吐雾
话题被风吹来吹去

现在，我们驱车穿过黑洞洞的海底
从白昼突然闯入黑夜，车灯照亮了
海底的柏油路和黄白指示线
我感到海洋在我们头顶，像狮子
窥视着我们……

一眨眼，就一头栽进薛家岛的早晨
我们惊喜它的快……

某天中午，我在键盘上
敲打着薛家岛的一草一木
忽闻远处码头的汽笛声
一种莫名的惆怅油然而生

（原载《山东文学》2017 年第 7 期）

猫和出租车

高建刚

夜坐在出租车副驾位
零点十分从鱼山路拐弯，至金口路
一座民国别墅门口
车轮被什么垫了一下
我说，怎么了？
一只猫。司机说

我从后视镜看见，一只猫
瘫在地上，两只前爪
朝着出租车背影连击，路灯
照亮它龇牙咧嘴的凶相
好像要把出租车撕碎
出租车加速离去

我躺在床上，感到
许多猫爬上夜深人静的房顶
无数双猫眼像摇曳不定的车灯

向我驶来

煮 鸡 蛋

高建刚

整个冬天，我已习惯
从黎明的黑暗中起床
给一个中学教师——我的妻子
煮鸡蛋，我要等她
在穿衣镜前梳妆完毕
拎起提包，跨出门的一瞬
把烫手的鸡蛋放入她的上衣口袋
听着她的高跟鞋在楼梯上
敲出架子鼓的声响

今年冬天冷得要命
穿上妻子买的厚羽绒服
还瑟缩着身子，
触摸事物的手总是凉的
然而，她说
她一点都不冷
她说，她的手放在口袋里
握着烫手的鸡蛋
整个世界都很温暖

黄 河 石

高鹏程

我的书桌上压着一块石头。一小截
凝固的黄河。

它来自它的上游。或者更远的地方。一次雷击之后
山体的崩塌。
然后带着粗砺、尖锐的棱角，一路泥沙俱下。

多少流水的冲击
多少年代的歌哭成就了它现在的沉默。

那些凹痕、斑点，多像是沿途
它曾经过的那些村庄、码头、驿站
亮过又熄灭的渔火。
那些神秘的纹路又来自哪里
那些浪花一样，曾在长河里出现又在长河里消失的事物？

现在，它静伏在桌面上。冰凉，光滑，通体黝黑。
它在纸上旅行。侧面的褶皱里，依旧压着无数
欲说还休的涛声。

它未曾经历过完整的黄河。像一颗
不死之心。
依旧有一条河流在它的内部川流不息
幽暗的水面下，依旧有一盏期待被点燃的灯。

（原载《中国诗歌网》2017年）

一座岛去看另一座岛

高鹏程

一座岛去看望另一座岛。它借助海水下面看不见的行走
借助天空之上
飞鸟的纤夫

有时候，借助一阵涛声，
一场生成于海上的风
风声中，含着盐粒的咸涩的气息

到了夜晚，它还试图借助暗淡的星光
借助月亮转身时
潮汐的引力

一座岛想去看望另一座岛，事实上它哪里都去不了
事实上，每一座孤独，都是独立的岛屿
封闭的火山，不被打开

而所有的脚印都是易碎的浪花
所有的愿望，都是幻想的泡沫，消失于深蓝的海底

（原载《诗刊》2017 年 1 月号下半月刊）

丢了孩子的女人

郭晓琦

我认识一个丢了孩子的
——女人

我认识她四十三岁就弯如老弓的腰身
就白如雪霜的头发
我认识她那张饱经沧桑的枯脸
认识她那双干涸了的病眼
我认识那双寻遍千山万水的糙脚

其实，我认识的
只是一个会行走的空荡荡的影子
十八年前
她弄丢了孩子的同时
也弄丢了自己——

（原载《野草》2017年第2期）

河　流

郭晓琦

河流细小得没有名字，没有小木桥
没有茂密的芦苇荡
甚至没有一尾
游动的鱼。但我一直认为

它就是我九曲回肠的滔滔黄河——

多少年了，在这条细小的河流上
我跨来跨去
有一天，我会走向河西
有一天，我会走在河东
有时候，我会静静地坐下来
看着它温顺、清澈、潺潺地流淌
唱着一首老歌——

多少年了，没有什么能够阻止我迷恋
它浅滩上细嫩的青草
以及从对岸走来，洗净秀发和身子
含泪远嫁的姑娘
多少年了，我能感觉到
这条没有名字的河流
一直在我越来越衰老的身体里叮咚作响——

（原载《野草》2017年第2期）

银 杏 叶

离 离

我问这是什么叶子
你说银杏
那就从一片银杏叶开始吧
第一次看到这么漂亮的叶子
第一次想着该怎么钟爱它们

就像你
假如就在其中
让风告诉你吧
最喜欢的那片
被我动过了

（原载《人民文学》2017 年第 4 期）

写　信

离　离

想写信
想在秋天写长长的信
不写地址，地址在我心里
不写姓名，名字在我心里

想沿路找一个绿色的邮箱
等送信的人走了
等叶子一片一片地落
等你从黄昏里伸出双臂
紧紧抱住
信封走过的每一段
路

（原载《人民文学》2017 年第 4 期）

——啊

离 离

若不是你
我至今都不会用这个词
——啊！我几乎用尽了毕生之力
叫出了声。我泪流满面

我身体里沉睡的森林
也被叫醒了
树冠上的清露
湿润又闪亮夺目
两只鸟儿在告别

——啊！我们也会那样
之后要经历久久的相思

（原载《人民文学》2017 年第 4 期）

夜是一匹幽蓝的马

谈雅丽

姨妈老得厉害，妈妈看见她七十多岁的姐姐
说话含糊，走路蹒跚，头发银白
并不像前些年，她俩在院子里斗气
说狠话，她一甩手从此一去不回

后来十年，她们没有一个电话，没有见面
湛江、常德，距离使她们决定相互忘记

当姨妈从火车上下来，看见她妹妹就哭了
随身的箱子里装着姨父的骨灰

也许是她携带的死亡使亲人获得了和解
她俩在夜色中手拉手地哭泣
不再为过去斤斤计较——

站台边一座低矮平房，房边种着青翠的蔬菜
清冷的光线流了一地
使那天的我恍惚觉得，夜是一匹幽蓝的马

（原载《诗刊》2017年8月号上半月刊）

暂　别

谈雅丽

暮晚，外婆送我离开——
寄养五年，忧伤的低气压笼罩着码头

桨声激荡，出家门我就知道
顺水而下的船将一去不返

夜色收拢江堤的翅膀
我看着你的银发越来越暗
身影越来越小，那挥动的手一直不肯垂下

那一年我六岁，六岁的我听到江岸传来
一声大哭。你强忍不住的哭声在河上盘旋
一去不复返的岁月，从此久久在河上盘旋

天色渐晚，明天太阳会照常升起
很多年后，我有话讲给地底的你听
时间是可以伸缩的经纬
书上说：

"人生的每一次离别都是暂别"

（原载《诗刊》2017 年 8 月号上半月刊）

手上麦芒

谈雅丽

妈妈和舅舅
他们整夜在火炉边说话
柴火越烧越暗
几次添柴，几次用水瓢舀进新的泉水
一杯接一杯热茶

鸡鸣声提醒黎明将至
屋外的轻响将熟睡的我从梦中唤醒
光线一点点涌了进来

舅舅一早就拿着锄头出门
那么多的苦水已经在一夜倒尽
地里的浓雾也就在一夜生成

满天仍有稀松的星群
每天都是崭新一天等待收获
即使他每天都在山里
操持着简陋，一成不变的生活

（原载《诗刊》2017年8月号上半月刊）

秋　声

崔宝珠

纱窗上，已见有昆虫遗落的躯壳
蛾儿有透明的白翅，甲虫呢
真像是黄金铸成的小玩意儿

它们是最敏感的谛听者
接到了命令，就低头安静地死去

在昨夜，我隐隐听到
一千匹白马的嘶鸣
而一千匹白马有一千种孤独

青桐听到的还要早一些
推开门
我看到纷纷的落叶

（原载《诗刊》2017年6月号上半月刊）

平衡能力

崔宝珠

夜里我去楼顶上看天空
当一颗流星划过时
房顶微微倾斜，我感觉到了
地球在缓慢地匀速旋转
我感觉到了我正在
以足尖为圆心
做钟摆运动
而远方的湖水荡到了天空之上
楼下一群女人在跳广场舞
我急切地思考着
协调动作的重要性
如果有一个恒星般
巨大而静止的教堂就好了
黄昏时湖水上方
那些大白鸟
以一种飞翔的姿势在空中短暂地悬着
现在它们留下了一动不动的
痕迹
我也想要那样的平衡能力

（原载《诗歌月刊》2017 年第 8 期）

蓝　马

崔宝珠

他们已不再相信真的有
蓝色的马
吹口哨的长发少年在放牧它们
他们已放弃
去白云深处的湖泊寻找
蓝色的马
在那里，雨水清凉
顺着它们透明的鬃毛落到草地上

我已不年轻了但还耽于想象
是因为一匹蓝马
进入了我以梦为名的国度
当我抚摸它的时候
溪流一样的风就会涌动
当它带着我奔跑的时候
大海就会翻卷起来

如果它突然嘶鸣
小跑进落日磅礴的草原
请转告他们：那一定是因为
我在这一刻
感到了自在和幸福。

（原载《诗歌月刊》2017 年第 8 期）

她多给我一束

康　雪

在大街上找公交站牌，她正好
从我身边走过。栀子香
若有若无
我跟上去。箩筐里还有百合、玫瑰、白桔梗……
十块钱三束。她抬头看我
眼神温柔
我有些不好意思。是真的好看呢
一朵花，挑着更多细细的花
在低头走路

（原载《诗探索·作品卷》2017 年第三辑）

我也将在冬日赤裸于风中落下

康　雪

昨晚梦见
自己又开始写诗了
而且写得很好

就像刚路过的树啊
叶啊
已经懂得了
该孤独的孤独，该放下的
放下

太阳给我多少
我就还多少。就像这树啊叶啊
如果一年绿到头
是很自私的

（原载《诗探索·作品卷》2017年第三辑）

他们对自己满怀诚意

康 雪

桂花路口下车。再穿过马路
及一排银杏，就到了
走在前面的
有少女，环卫工，和几个提着凉面
的洗车小哥。
其实每天遇见的，并不一样
但又好像一样。他们经过玻璃橱窗时
偷偷将头发
或者扯衣角的样子，总让我着迷。

（原载《诗探索·作品卷》2017年第三辑）

去看稻子吧

康 雪

先从青岛飞到长沙，再坐高铁到
我的县城，我来接你

我们这里的水稻只有一季
没有早晚之分
你现在来，刚好赶上它们成熟
好是好看，但说不上最好看
如果你长期在这里生活，你会发现
我们与土地，已经有了很好的默契
水稻青好看，水稻黄也好看
我们独自生长衰老，却又血脉相连。

（原载《汉诗》2017 年第 1 期）

我从未这样爱过一个人

康 雪

在葡萄园里，踩着他的脚印
雨后的泥土，这样柔软
像突然爱上一个人时，自己从内部深陷

可我从未这样爱过一个人。

从未在天刚亮时，就体会到天黑的
透彻和深情。
这深情，必是在远方闪耀而仍被辜负的群星。

我真从未这样爱过一个人。

在葡萄园里，我知晓每一片空荡的绿意
却不知晓脚印覆盖脚印时

这宽阔而没有由来的痛楚。

（原载《诗探索·作品卷》2017年第三辑）

磨　刀

商　震

我有一把刀
是金银铜铁锡的合金铸造
我要磨这把刀
蘸着黄河水银河水
用泰山石
女娲补天的五彩石
细细地磨

把刀面磨得锃亮
能照出哪块云中有雨
能映出泪水里的盐分
能看清躲在身体里的暗鬼

刀刃一定要飞快
可以切断风
可以斩断光
削功名利禄为泥

太阳是刀
月亮是刀
我的肉身也是

（原载《诗探索·作品卷》2017年第一辑）

拔 牙

商 震

麻药针打过
那两个人就把我的口腔
当作采石场
一阵锯、钻、砸、撬后
大夫问我："疼吗？"
我没有回答
我不会向那些在我
皮肉上动粗的人
说出真情

我的皮肉被麻醉了
神经的感觉更加细微
那"咯噔、咯噔"撬掰我
牙齿的声音
就像野蛮的房屋拆迁
我想：比疾病更残酷的
是用工具制服人的肢体与意志

我的牙拔出来了
口腔里最坚硬的零件被卸掉
可我身体里更坚硬的部分
是任何工具也无法拆除的

（原载《诗探索·作品卷》2017 年第一辑）

天黑之后

商 震

天黑之后
就无事可做
一个人不能喝酒
不能把发霉的事物翻出来
也不能一根接一根抽烟
过浓的烟雾会对现实绝望

星星和月亮
都不认识我
许多话不出来
像一面残破的鼓

一阵风过来
吹起一张白纸
我紧盯着这张
雪片一样的纸
希望是某个人写给我的信
一直看着白纸
飘到看不见的地方
我又陷进黑暗
雪还没来
黑夜不会变亮

（原载《人民文学》2017年第4期）

一条癞皮狗

商 震

深秋的树林里
一地的落叶在脚下噼啪作响
偶有几只飞虫撞到我腿上
落地后迅速逃窜

一条流浪狗
开始是远远地看着我
后来就跟在我的屁股后面
我回头看一眼
又脏又臭是条癞皮狗
但是，它的眼睛里
充满对人间生活的渴望

它对我狂吠一阵
摆出一副进攻的架势
我轻蔑一笑继续走路
我的手里一直有一根棍子
是用来担山或打虎
实在不想打一条癞皮狗

狗跟在我后面
继续哼哼唧唧地叫
一直也没勾起我
打癞皮狗的欲望

（原载《人民文学》2017年第4期

一把宝剑

商　震

我书房的墙上
挂着一把宝剑
那是从少林寺买来的
一把很好的剑
掂在手里很瓷实
拔剑出鞘　寒光耀眼

我为这把剑　豪气了
很长一段时间
拿破仑　项羽　岳飞
都在我眼前闪现过

我一直没为这把剑开刃
我怕开刃后　找不到属于它的血
或者　我怕那刃上会真的有血

宝剑尝不到血是悲哀的
血溅到我身上　我会更加悲哀

一把好剑
只能当工艺品挂在墙上

起初　我偶尔会把剑从墙上摘下
拿在手中舞几下
遐思一番

后来　觉得自己可笑
再后来　竟忘了它挂在我的墙上

最后一次想起它
是老婆把剑柄上的红缨摘下来
绑在花花绿绿的扇子上
去跳老年舞

（原载《诗探索·作品卷》2017 年第一辑）

五莲山下逢老朱

黄　浩

三月，五莲山下恰好碰到杏花
又恰好遇到老朱
这是太恰好不过的了
人生何处不相逢，叩官庄前恰相遇
恰好是黄昏，恰好是山下的小店
恰好桃花玉兰开得放肆
恰好又一个破产流落异乡的人
一切都像是恰恰好的天涯孤旅了
一杯酒下肚，那些江湖滋味便流露出来
如果有一句五言诗出来
如果店旁边有一杆铁枪
如果老板娘的笑容再迷人一点
如果春天的香椿芽再嫩一点
我真怀疑我到了十字坡
今晚的月亮被我们揣在了怀里
星星也知道了人间的悲欢

稀稀疏疏散落河汉

人生几何，对酒当歌

当老朱说起辕门射戟，马踏连环

止不住嘘声感叹

这江湖中保不准谁是谁的棋子

渐渐他眼中的火苗熄灭

兄台，控制住心中的魔鬼

任你在寨外挑战，我自岿然不动

三月的夜晚，独自缺了一场雨

缺少一场春雨就是缺了三分古典

人间的聚散，都在明早的落花里

而雨后花落是多少？

我们这些世间的贼人，有谁又有葬花情怀？

（原载《诗探索·作品卷》2017年第四辑）

五月十九日夜，上海风雨大作

黄　浩

春天即将过去，为了怀念春天

五月十九日夜，上海风雨大作

吾酒足饭饱，坐在屋檐下听雨

午夜时分，路上行人匆匆

淫雨纷纷，灯火暗淡

滴滴答答，一女侍蹲在角落

略有感伤，沉默不语

吾招呼她于前，耳语之：

你到十里洋场某甲几号告诉冯程程

说今夜许文强回来了，叫她有空给我送把伞

另外你到百乐门大世界告诉丁力
雨声嘈杂，寂寞难耐，正是拼酒一醉时
人生几何，醉酒当歌
子夜可来，不见不散哟

你认识冯程程吗？就是上海滩冯敬尧的女儿
很漂亮的那个，女侍破涕而笑，灿烂若花

（原载《诗探索·作品卷》2017 年第四辑）

看一部武侠电影

黄 浩

多么干净的天空，只有落叶在上面作画
金黄色的秋天，驻足在一座寺院的旁边

雨说来就来了，雨伞下藏着危险的事物
雨点在一把剑上跳跃，发出嗡鸣的声音

一场大风穿越旷野，比风孤独的是尘世中的人
屋檐下摇动的风铃，是死去多年魂魄的呐喊

回不去的是故乡，分手总是在渡口
执手相看泪眼，无语凝噎

很多人在上面演戏，我在其中找不出自己
幕终的时候，心被掏空，芦花飘了满头

（原载《北京文学》2017 年第 7 期）

两个普通大兵的瞬间

韩文戈

硫磺岛战役结束后
硝烟尚未散尽
一个美国大兵就点上了一支烟
他俯身把烟卷塞进刚交过手的敌人的嘴里
那是一个濒死的日本兵曹
他残破的身体半埋在弹坑
他渴望死前能再吸上这么一口
于是长着络腮胡子、斜背卡宾枪的美国兵
就点上了这支烟
他俯下身去塞给了那濒死的敌人
硝烟迟迟不散，一张黑白照片
完好地保存了
"二战"期间硫磺岛战役这个小片段
到如今，硝烟里的人类又过了八十年

（原载《诗东北》2017年上半年卷）

交　汇

韩文戈

暮晚时分，我喜欢坐在倾斜的光线里
看河口的两条河隐秘地交汇
那时，我的身后，白天与夜晚也在交汇
我的肉身，生与死每天都在一点点地交汇

我看到翻涌的水不断从深处冒出来
就像绽开的玫瑰花瓣，无穷无尽
它们被一双看不到的手分开，然后舒展
又一层层剥去，平息
此刻，不远处悬挂的每一颗苹果
朝南与朝北的两面，青与红浑然圆满
喜鹊与乌鸦在同一枝头交替鸣叫
演奏着我们听而不闻的天籁
我能够感到，瞬间在不停剥离，远去
而永恒依旧蛰伏，不动声色
不多时，黄昏便已撤退
草木隐进了自身的幽暗，长庚星出现

（原载《诗东北》2017年上半年卷）

佛　尘

韩文戈

请允许我用整个一生
来做一件事
每天凌晨都轻轻掸下
佛陀身上的尘埃
然后把它们收进一个
带有星空图案的陶瓶
在我即将老去的某个日子
我会最后一次回到故乡的群山
提回泉水
在日光与月光的辉映下
我把那些微尘和成泥

再按我自己的样子捏成一尊佛
望着尘世

（原载《诗东北》2017年上半年卷）

诗的秘密

韩文戈

我的房间有三种事物：
从紧邻我家祖坟的山地背回来的石头。
花瓶里，一束采自旷野的枯干了的野花
中间插着同时采来的硕大谷穗。
它们旁边，是一个小小的蓝色地球仪。

我的内心之诗面目竟是如此清晰：
它充盈故乡的气脉，有一个石头的根。
大自然的天性，以及它寄托在暂时性里的永恒。
除此之外，我狭窄的视野里
还要有个地球，它在太空转呀转，一刻不停。

（原载《诗东北》2017年上半年卷）

外 省 人

黑 枣

每逢下雨天他一定来
旧军用鞋底粘着厚厚的红土
一走，一个脚印

他歉意地冲书店小妹笑笑

到门口小心地把土蹭掉

一走，还是一个脚印

他假装没看见

我们也假装没看见

他看的都是中药一类的书

一本死沉死沉的《偏方秘方大全》

让他把一个雨季硬生生给拉长

他站立的姿势充满歉意

侧斜的身体一碰到别人经过

马上自动挺直

像本书紧贴着另一边的书架

他终于买了一本书，难为情地

说着夹杂了外省方言的普通话

揉得皱巴巴的三张纸币

躺在干净的玻璃柜台上显得

充满歉意……

（原载《草堂》2017 年第 2 期）

蚵 仔 煎

黑枣

我相信每一只外表粗砺的贝壳里面

都有一颗无比柔软的心……

比如蚝。烈火把它煎烤得金黄酥脆

它始终坚持让你尝到海水的味道

在我家，蚵仔煎已经不仅是一道菜

逢母亲的忌日，它一定被摆在宴桌的中心
因为母亲爱吃。
每一粒蚝里都藏着一片浩瀚的海……

（原载《诗刊》2017年5月号上半月刊）

空 心 菜

黑 枣

"人无心，如何？""人无心，则死！"
卖空心菜的妇人不知道她面前的这个人
现在就是一株空心菜
等着她为他装上一颗起死回生的心脏……

卖空心菜的妇人不知道她助纣为虐了。
我想汲取教训，反过来为一株空心菜量身定做
一颗心脏。一颗水滴般的心脏
从青翠的菜叶注入，打通全身的关节
直达根部隐居的泥土深处……可是我瞎忙了
空即是色，色即是空。乡间草菜，不问生死
你喜欢它，它是菜
你忘记它，它为草
反过来却是它替我预订了后半生的世界观

（原载《诗刊》2017年5月号上半月刊）

木底秦水库

鲁若迪基

几年的光景
几个美丽的村庄就消失了
一面水做的镜子
照着那些失去故乡的人
翻过一座座山
现在，绿水泛着的泪花
还在波光里荡漾
夜里，星星的眼
在水里醒着
多少年后
没有人知道
这水面下的村庄
曾生活着怎样的族人
当他们背井离乡的那天
怎样喊着祖先的魂灵
让一条河在身后哭泣

（原载《诗探索·作品卷》2017 年第二辑）

斯布炯神山

鲁若迪基

小凉山上
斯布炯

只是普通的一座山
然而，它护佑着
一个叫果流的村庄
它是三户普米人家的神山
每天清晨
父亲会为神山
烧一炉香
每个夜晚
母亲会把供奉的净水碗
擦洗干净
在我离开故乡的那天
我虔诚地给自己家神山
磕了三个头
我低头的时候
泪水洒在母亲的土地上
我抬头的时候
魂魄落在父亲的山上
如果每个人
都要有自己的靠山
我背靠的山
叫作斯布炯
在我的心目中
它比珠穆朗玛
还要高大雄伟

（原载《诗探索·作品卷》2017 年第二辑）

清凌凌的黄河

鲁若迪基

如果不是碰触到了清凉
我真的不相信
这是一条河
如果不是蓝天和流云
在河里梳妆打扮
我真的不相信
这河流淌着清澈
如果不是循着
这河最终的归宿
我真的不相信
这会是黄河

真的
如果不是我的足迹
踏在青海的土地
如果不是在诗歌墙上
写下我母族的名字
我真的不相信
黄河在贵德
披着蓝色的轻纱

可是，细细去想
世界的源头
其实都如斯啊
最初的时候

世界是明亮的
一如这清凌凌的黄河水

（原载《诗探索·作品卷》2017 年第二辑）

乡村电影

蓝　野

先是男主角在北京开着
赚钱的公司，有了二奶
死驴撞南墙一样，回乡和女主角离婚。
女主角在村里坚强地养猪
种种困难之后，成了有钱的委员和代表。
话说，故事和传统戏一样没什么新意
二奶被车撞死了
男主角公司破产，流落街头

一个吕剧数字电影
剧情简单，三观腐朽
却对上了乡村的胃口
在村子里被一遍一遍地说起——
富贵就该要饭！
杏花就该委员！
那叫丽娜的二奶就该出事儿！

清晨，我在沉睡中醒来
听到鸟语花香的院子里
妈妈和她儿媳又将昨晚的电影讲了一遍

这个村子，这个电影
对人性的丰富壮阔不予理睬
将时代的波澜起伏看成因果故事
它们和妈妈的讲述一样
只对城市有着说不清的满满的恶意

（原载《凤凰》2017 年上半年刊）

恐怖袭击

蓝 野

巴黎发生恐怖袭击
——车里有人高声叫道

前排女诗人立即和男编辑讨论起
这事件如何写诗

我旁边的老先生刷了一会儿手机消息
泪流满面，闭上双眼

在我们周围
轻佻和沉重常常同时出现

（原载《青岛文学》2017 年第 1 期）

参观钢铁厂

蓝　野

这个炉子停产了，张师傅说。
不得不停，张师傅说。
钢产量将市场的大肚皮撑破了，张师傅说。

前年掉进去一个人，张师傅说。
还没结婚呢！张师傅说。
他就掉进去了！张师傅说。

1800多度啊，他瞬间就没了。
我都搞不清楚哪股飘升的热气是张国瑞。
——张师傅还在说，我突然有些失聪。

……默默地，我们乘上中巴
上车时我用手扶了一下车门
又迅疾缩了回来
这寒冬里的钢铁太烫，太烫

（原载《青岛文学》2017年第1期）

感　觉

蓝　紫

在林间，看见一只蜘蛛
倒挂枝叶上

从肚子里抽丝、结网
我的肚子也一阵蠕动，仿佛
要吐出银白的丝线

这奇妙的感觉来自：
当我看到它被自己吐出的丝
吊在空中时
这多么像我
衔着命运的绳索
悬在人世的深渊

(原载《飞天》2017 年第 1 期)

许多事物从身边经过

蓝　紫

照彻窗前的月亮，还是创世之初的
那一轮。路过台阶的蟋蟀
还是多年前梦中走失的那一只
远处的流水和石头
在相互亲吻中完成一生

湖泊端着四平八稳的镜子
优美的水鸟凌空飞起，蝴蝶收起透明的翅膀
身后的废墟，正在形成
一个欣欣向荣的城市

许多事物从身边经过，从春到秋
花开花败，叶绿叶落

而我总是偏爱那些逐渐老去的事物
或许只是为了从时间那里得到更多

（原载《作品》2017年第8期）

命

蓝　紫

在楼上
看楼下一居士带着孩子往草丛里撒面包屑

想象着虫蚁们出来迎接食物的情景
想：
崇恩寺的虫蚁生活得比我们幸福

它们听着佛陀讲经
不用担心生存的恐惧
不像我
在相互倾轧的人群之中
捂着一颗伤痕累累的心
常常为一粒粮食俯首认命

（原载《飞天》2017年第1期）

时间简史

管清志

十年后，管先生依然居住在河东

每次深夜回家
他蹑手蹑足
怕惊动了天上的草木
和人间的月亮

他依然断断续续写诗
依然有着消化不良的毛病
他的骨头
在黑暗中依然隐隐疼痛

有一次
他竟然在一首诗的结尾
安排两个人的相遇
看来，十年后的他依然相信
故事没有结束

（原载《山东文学》2017 年 10 月号下半月刊）

离开你，以一场雨的姿态

管清志

不要跟我再谈
昨天晚上的星星
月光扎在皮肤里，我希望
有一场雨来浇熄
骨缝里的疼痛和痒

我永远无法解构
一滴水里的世界

尽管我尝过你身体里
苦的还有咸的
我的江山
筑在你的泪珠之上
我的领土就是
你每次汗津津的躯体

一场雨在春天的枝干
散布你重获自由的讯息
除了这些，我还要
把你的青春交还给
天上的光和人间的火

夏季里的那些泛滥的雨水
都不是我

（原载《山东文学》2017年10月号下半月刊）

小　山　坡

路　也

下午三点钟，我仰卧在小山坡
阳光在我的上面，我的下面，我的左面，我的右面
我的前面，我的后面
阳光爱我

太阳开始偏西，我仰卧在小山坡
在我的上下左右前后，隔年的衰草柔软又干爽
这片冬末的茅草地如此欢喜

一个慵懒的人

我仰卧在山坡
坡度不大不小，刚好相当于内心的角度
比照某个诗句，把自己当成一只坛子
放在山东，放在一个山坡上

仰卧望天，清风、云朵、蓝天、喜鹊
一道喷气飞机拉出白色雾线
它们按姓氏笔画排列得那么有序
我还望见虚空，望见上帝坐在云端若隐若现

天已过午，人生过半
我独自静静地仰卧在郊外的茅草坡
一个失败者就这样被一座小山托举着
找到了幸福

（原载《草堂》2017 年第 1 期）

访问学者

路 也

她的公寓里有两个国家
辨不清谁是主体，谁是寄居
石英钟系本地时间，手提电脑右下角显示另一时区
冰箱巨大，仿佛第四季冰川
韭菜虾仁水饺遇上前任留下来的奶酪

她来自唯物论国家，到此研究神学

在昏暗书库里寻找光明
不知校车的橙线和蓝线，哪条开往天国
老橡树上的松鼠使她有了写诗的冲动
待归国，将成为一个诗人

她持 J1 签证，小学生儿子跟来当 J2
烧饭、接送上学放学、步行背回牛肉
督战儿子每天以不同语言完成两个国家的作业
儿子成 J1，她沦为 J2
丈夫在遥远的祖国守身如玉

偶有来访：身高两米的黑人弟兄借钱
同胞倾吐东方特色的烦恼
对他们，她一律开出信仰的药方
如果望够了窗前漫卷的云
她就出行，坐在火车上看大西洋荡漾

（原载《星星》2017 年第 5 期）

候　车

路　也

一站牌，一木质条椅，一窄形电子显示屏
一遮雨小亭，一免费报纸箱
一条延伸进地图的老铁轨
一个大太阳

在梭罗的家乡
这就是一个火车站了

现在车站只有我一个人，乘客兼员工
身体里有一个候车室和一个售票厅
有折叠的远方

双肩包被里面的一大盒巧克力麻痹着
调和着背负了上万里的悲伤
手工制作，本地产，故居旁的小店
他说：治疗爱的办法只能是更深的爱

那人写过这条叫菲茨堡的铁路
埋怨这支飞箭射中了他亲爱的村庄
他横过铁路，到他的湖边去
他从来不肯说火车的好话

发黑的木质电线杆抗议着风
而地面有了微微的颤动
一个柱形的工业革命的脑袋远远地显现
火车开过来了

地面上一道龟裂的黄线与双脚攀谈
我就要上火车，奔向不远处的一座大城
那里有他就读过却并不喜欢的哈佛

（原载《星星》2017 年第 5 期）

出 走 者

臧海英

连续几天，我都绕道
去看一张寻人启事
不是去找人
是那个女人
干了我一直想干的事
干了很多人想干的事
——从不想要的生活里走开
多么让人兴奋！
我离开人群，沿着一条小路
去看她的时候
像出走

每次往回走，都垂头丧气
我确定，又被生活
找了回来

（原载《诗刊》2017 年 1 月号下半月刊）

在城南寺庙

臧海英

我也渴望获救。走进去的时候
移植来的银杏，还没长出叶子
廊柱还没上漆，一尊佛像

预先坐在大殿中央。这符合我的意愿
——在内心的废墟上，建一座寺庙
但也有我逃脱不掉的：
浓烟，来自后面的化工厂
喧闹，来自对面的游乐场
挖掘机的声音，则来自旁边的建筑工地
一个穿黄衣的僧人
我确定是我。他一边念经
一边驱赶着扑向他的蚊虫

（原载《长江文艺》2017年第5期）

清　白

熊　曼

祭拜完亡人后
女人们捡拾起悲伤
去了田野。一小片白花
和更多叫不出名字的绿
安慰了她们

年轻的男人们，相约着
去了从前的水库
水面安慰了他们

他们分别带回，鲜花和鱼
花被插进瓶里，供奉起来
鱼被洗净剖腹，躺进锅里

他们围坐着，像从前那样
品尝熟悉的味道
味道安慰了他们

没有人说话。暮色涌进来
栀子在开放，香气和虫鸣
安慰了他们

（原载《草堂》2017 年第 5 期）

农妇的哲学

熙　曼

亲爱的，让我们坐下来
就像此刻，窗外两只灰斑鸠
它们的叫声在不经意间
擦亮了灰色的天空

你说经济低迷
钱越来越难赚了
我说猪肉又涨价了
味道却越来越寡淡
可是亲爱的，除了生计
我们还应该聊点别的什么？

有时候我厌弃自己
好像肉身已活得太久
每一日，我用清水、蔬菜和鲜果
喂养它。里面却住着一个

哀泣的灵魂

它想驾驶着马车出走
可转身，就被一双小手攥住
它的主人用明亮无辜的眼睛
看着她问：妈妈，你要去哪里？

亲爱的，你不知道
有时候，我走在掉光了叶子的街道上
想高歌，或者哭泣
刚一张嘴，冷空气便灌了进来

（原载《草堂》2017 年第 5 期）

时间终于让我明白

熊 焱

层层的梯田从山脚一直延伸到山顶
像岁月中无数分岔的小径

春天的油菜花捧起大地汹涌的黄金
秋天的稻谷点燃生活浩瀚的火焰
多少年我穿梭其间，延绵的群山撑高了天空
弹丸的村庄宛若低低的盆景
我总是向往着远方水天一线的大海，劈浪的桨
裹着海水的蓝丝绸翻身。更远的地方是无边的草原
疾驰的马蹄打开月光的容颜

当我在外漂泊多年，见惯了大海和草原

我在某个秋日返回故乡，蓝天拉着大海的帷幕
群山织着草原的裙子。层层梯田已有部分荒芜了
但起伏的稻浪，仍在风中翻滚着波涛
仿佛生存的手掌刨开沙砾，淘出生活沉甸甸的金子
风端着颜料，为走动的牛马
收割的乡人，调和成写意的线条
多么愧疚呀，时间终于让我明白
我的乡村有着斑斓的大美，只是作为故乡的叛逃者
我已不配接受这人间丰腴的馈赠
不配献上我廉价的爱与赞美

（原载《诗潮》2017年第6期）

长眠之地

熊　焱

祖母去世时，母亲为她洗净身子
为她穿上一件件新寿衣
并装进棺材，在纸幡的引路下
在唢呐的哀号中，葬入向阳的坡地

一直以来，我的乡人们都是这样
面向青山，背靠坡岭
劳碌的肉身要在死后沉入大地
要生生世世，都与土地相守在一起

后来外婆去世，按照规定进行了火化
纳入匣中埋进公墓。母亲叹息了很久
奔忙一生，肉身却不能在泥土中慢慢腐朽

尤其是那些皱纹里的风暴、关节中的疼
那些伤痕中的闪电和雷霆，却不能在死后获得泥土的抚慰

有一段时间，母亲常在河边流连
那里有几尺黄土，是她中意的长眠之地
她离开的时候，野花正提着翩翩起舞的裙子
流水正弹响低诉的琴弦。几株翠竹在风中轻轻摇曳
仿佛是她依依不舍，在向命运道别

（原载《桃花源诗季》2017 年夏季刊）

我错过了那些爱

熊 焱

母亲生我的时候已经三十六岁
成熟的风韵宛若九月沉甸甸的稻谷
并在生活逼仄的催促中，迎向冬天的早雪
我爱她
但却错过了她青葱的韶华

妻子认识我的时候已经二十二岁
窈窕的青春仿佛姹紫嫣红的三月
满世界都是阳光的水银和纯金的鸟鸣
我爱她
但却错过了她玲珑的童年

年过三旬，我在秋天的黄昏等来女儿的降生
她多小啊，一粒白嫩嫩的芽孢
将在岁月的风雨中拔节，结出她十岁的骨朵

开出她十八岁水灵灵的鲜花
我爱她
但将会错过她白发苍苍的暮景

生命终将在最后放手——
我爱她们，这一生已足够

（原载《桃花源诗季》2017 年夏季刊）

我记得某些瞬间

熊　焱

十六岁那年，我做了一个大手术
全麻后醒来，下午的阳光正端着颜料
涂抹着窗口的画板。树枝上的鸟儿正拉着琴弦
唱出大海激越的潮音
我欣喜地摁住心跳：多好啊，我还活着呢
多年后，我在悲伤中喝得酩酊大醉
夜半醒来，头疼若绽开的烟火
窗外的灯光仿佛胜利者不屑一顾的讥讽
大街上，疾驰的车辆掠过了呼啸
宛如漩涡中荡起的波涛
我沮丧地问自己：哎，我为什么还活着
再后来，很多年一晃就过去了
我记得某些瞬间，全都隔着茫茫的生死

（原载《诗潮》2017 年第 6 期）

杨 梅

颜梅玖

啪地掉落下来
一个接一个
它们用低沉的声音应答闯祸的风
我站立了一会儿
散落树下的杨梅，越来越多
紫红色的，红色的，青色的
还有几天前的，已经烂掉
四月，这棵高大的杨梅树
开出了细小的紫红色的花
五月，慢慢结出青绿的果子
六月，它们长得很大
红的似乎很快可以入口
然而五年了，从来没有一颗果实
能留在树上。梅雨前
它们还未成熟，就随着风
一颗一颗掉落在地
连麻雀也没有享用过
自生自灭的事物
自然无涉悲喜
只是在宇宙里，地球上
一个偏僻的角落
为什么总是我在留意这棵树
这平静的冥冥之中
究竟蕴含了什么
而且，我感到我片刻的凝神静听

也被什么凝视着

（原载《草堂》2017 年第 3 期）

幻　觉

颜梅玖

我凝视着
路对面的桑树，桑树下蜷缩的野猫
不，是枇杷树，枇杷树下的流浪狗？
接满雨水的石缸
不，是闪亮的锡皮桶？
海棠的一根枝，探向，已经凋谢的桃树
不，是梨树的一根枝丫倾压在杏树上？
雨点叮叮咚咚，敲打着铁皮雨棚
不，是鞋匠敲着越来越深的钉子？
我还能看清、听清什么？
不，我不抗辩
不，我只是我的幻觉

（原载《野草》2017 年第 1 期）

预防性谎言

潘洗尘

最近与母亲聊天
总是有意无意说到
现在的医学发展得真快

我的某个同学
连癌症都治好了

有时　我也会和母亲说
人总是会死的
外公不到 50 岁就去世了
就算他能活到 80 岁
现在也早已不在了

甚至有一次
我还和母亲说
凡是能走在儿女前面的老人
都是有福的
世上还有很多不幸的父母
是白发人送黑发人

我是越来越担心
我们已骗不了母亲
她就要悟到
自己的病情了

（原载《读诗》2017 年第 3 期）

写给太子

潘洗尘

一路从东北跟到西南
我的这只 11 岁的约克夏
已当了大半辈子的

太子

太子　你到底是谁
连我自己也说不清了
我的孩子？
抑或我的朋友？
记得从你七八岁开始
我就黯然地为你
在花园里默选墓地　默记碑文
虽然从你一进家门
我就大你 43 岁

可是我的太子
当 2016 年的 8 月 29 日
当我得知自己始终与这个世界
肝胆相照的肝上也长出了肿瘤
我的内心　竟然生出了一丝
如此自私的念头：

我终于可以在你和所有亲人的前面
走了

（原载《读诗》2017 年第 3 期）

时间仿佛只有对他才是温柔的

潘洗尘

四十五年前我就看着他
靠在这堵墙下

晒太阳

四十五年后我看见他依然
靠在这堵墙下
感觉连姿势都不曾变过

他叫郭有发
大我十几岁
是当年村里
人人都可以奚落几句的
郭傻子

四十五年里
我们早已面目全非
尤其是当年奚落他的那些人
很多已不在人世
但时间仿佛只有对他
才是温柔的
温柔得就像看不见的水一样
流过他永远波澜不兴的脸
和处变不惊的心
并温柔得
任由他把自己和这堵墙
固执地留在
回不去的岁月里

（原载《鸭绿江》2017 年第 2 期）

恶性的一年

潘洗尘

X 光下
这真是恶性的一年

绝症开始缠身
往昔仅有的
可以做一点点事儿的自由
也丧失了

好在这一年
并不乏善可陈的记忆
还有很多
比如茶花落了
紫荆才开
抽了四十年的烟
说戒就戒了
从不沾辣的女儿
开始吃毛血旺
和水煮鱼

（原载《读诗》2017 年第 3 期）